魯賓遜漂流記

總導讀

打開世界文學經典，進入生命的另一個層次！

——新樹幼兒圖書館 館長 蔡幸珍

文學經典之所以成為經典，是因為這些世界名著經過時間的淘洗與淬煉之後，能歷久不衰並轉化成各種形式的「變裝」，例如：卡通、電影、芭蕾舞蹈、音樂、漫畫、手機遊戲、桌遊……等，繼續活躍在這世界的舞台上。

時代會變，社會在進步，科技也以十倍速更新，然而亙古以來的人性卻沒有顯著的變化，幾百年前能感動、震撼、取悅、療癒人心的世界名著，在幾百年後，依然能深深打動世人。

完整的文學經典出版計畫

小木馬文學館這一系列的世界文學經典作品，是由日本第一流的兒童文學研究家，以及國內的傑出譯者以生動活潑的現代語言譯寫，並且附有詳細的注釋、彩頁插畫、作者介紹、人物關係圖、故事舞台和地圖……等等。從這些規劃與細節，可以看到編輯群的用心與貼心。

每個時代的生活用語與文物不盡相同，書中圖文並茂的注釋讓讀者能跨越時空、地理與文化的差異，減少與文字的距離和陌生感，更容易進入故事的時空情境當中。書中的介紹讓讀者了解作者的生平與創作背後的故事；人物關係圖釐清了解各個角色之間的關係，譬如：《希臘神話》中的哪個天神和誰生下了誰，誰又是誰的兄弟姊妹，這個英雄又有何來頭，天神之間錯綜複雜的關係，一張人物關係圖就能幫助讀者腦筋不打結；故事場景和地圖則提供清晰的地理線索，不論是將來實地去故事誕生之地拜訪遊玩，或是在腦海中遨遊都格外有趣。這些林林總總的補充資料，我稱它們為「作品懶人包」，讓讀者無需上網一一去搜尋相關的背景資料，提供了一條深入了解作品的捷徑。

體驗經典的文字魅力

閱讀小木馬文學館一本又一本的世界名著時，我彷彿坐上時光機，回憶起與這些「變裝」後的世界名著相遇的點點滴滴。

《湯姆歷險記》以卡通的型態出現在老三臺的電視裡，吹著口哨的湯姆計誘朋友以珍藏的寶貝來換取刷油漆的工作，湯姆．索耶聰明淘氣的形象深深烙印在我腦海中；《紅髮安妮》每隔十幾年就被翻拍成電視劇或是電影《清秀佳人》；《格列佛遊記》藏身在國小的課文中，一年又一年，格列佛在課本裡，全身被釘住，上百支箭射向他；我在舞台上遇見了《莎士比亞故事集》中的羅密歐與茱麗葉；《悲慘世界》以音樂劇的形式在我心中投下震憾彈；《偵探福爾摩斯》則讓年少的我躺在涼椅上抱著書不放，渡過一整個暑假。我與希臘眾神的相遇則是在台東大學兒童文學研究所的「神話與童話」課堂中、在希臘愛琴海上的克里特島上。

小時候的我，看過「變裝」後的世界名著，現在再讀小木馬文學館以「書」的形式登場的這些名著時，著實被這些作品的文字魅力深深吸引住。「書」和卡通、電視電影等影音媒體大大不同，以水果來比喻的話，書就是水果，而卡通、電影是果汁。看書像是吃原味的水果，而看卡通、電影就像喝果汁，有些營養素不見了，口感也不同了！

比方說，在《湯姆歷險記》卡通裡，看不到馬克・吐溫寫的「不好的回憶就像寫在海灘上的字，幸福的大浪一捲來，馬上就消失無蹤。」在《清秀佳人》卡通裡，看不到「然而，我現在來到人生的轉角了；雖然，走過轉角後，不知道前方會有什麼在等待著，但我相信一定是燦爛美好的未來。這又是另一種樂趣了。」這樣精采的字句，因此我誠心建議曾經與

「變裝」世界名著相遇的人，千萬別錯過原著的文字世界。

閱讀，讓生命變得不同

小木馬文學館將這一系列世界名著的定位為「我的第一套世界文學——在故事中體驗冒險、正義、愛、歡笑與淚水」，兼具趣味性、易讀性、知識性、文學性，並展演出各式各樣的人性，冀望能為小讀者開啟人生第一道文學之門。我也極力推薦大人們和小朋友一起閱讀這系列書，一起聊聊書，在書中探索人心的神祕、奧妙與幽微之處，也一起認識這世界的種種不幸與美好。

法國的符號學者羅蘭．巴特說（Roland Barthes）說：「閱讀不是逐字唸過而已，而是從一個層次進入另一個層次的過程。」

我也認為閱讀是一種化學變化，讀一本書之前和讀了一本書之後，讀者的生命將變得和原本不一樣了。看《悲慘世界》時，可以看到未婚生子的女工在底層環境裡養育孩子的辛苦，了解社會底層人士的生活樣貌；讀了《紅髮安妮》之後，也可以學習安妮正向樂觀的生活態度，對生活保持高度好奇心，並對周遭世界施以想像的魔法，讓世界變美麗！看《湯姆歷險記》時，才知道在現實生活中自己可能是乖乖牌席德，但內心其實很想扮演湯姆．索耶，偶爾淘氣、搗蛋、半夜去冒險。

書本能誘發我們的人生成長，而經典更絕對是最佳的催化劑。打開書吧，讓我們透過一本本世界文學經典引領進入生命的另一個層次！

前言

獨自在大西洋無人島上求生的暢快冒險故事！

這部小說的原書名是《生於約克市的水手魯賓遜・克魯索的一生與驚奇冒險》。一個人能夠接二連三遇到如此特別、驚奇的事件，實在很少見。書中並不是只有可怕的場面，也有許多暢快的冒險，讓人從頭到尾都跟著提心吊膽、忐忑不安。

主角魯賓遜・克魯索跟所有年輕人一樣想到國外看看、見識廣大的世界，於是離家搭上朋友的船，接著不幸的日子，不，或許該說一連串的幸運就此展開。魯賓遜的旅程一開始的確很順利，雖然被海盜抓走，後來有幸逃脫並大賺了一筆錢平安回到家鄉，不過他很快又厭倦了安逸的日子，再度出海。這次他遇上暴風雨，最後孤單一人漂流到無人島，故事也從此越來越令人驚奇：鸚鵡和狗是他唯一的慰藉、以為是無人島，卻在島上沙灘發現了人類的腳印！為了保命，魯賓遜得設法對付食人族，他努力動腦、積極採取行動的模樣，讓人看過一遍就難以忘懷。現在，就跟著魯賓遜的腳步，一起探索未知的世界與人類的無限潛能吧！

總導讀　打開世界文學經典，進入生命的另一個層次！／蔡幸珍　002
前　言　獨自在大西洋無人島上求生的暢快冒險故事！　008
第一部
對大海的憧憬　017
海盜的奴隸　028
前往巴西　038
颳暴風雨的大海　046
無人島　055
要塞之家　067
獵山羊　075
染上熱病　083

別墅和水果 088
熱鬧的家人 094
和波爾對話 100
費盡苦心的獨木舟 108
可怕的潮水流向 116
無人島之王 125
令人毛骨悚然的腳印 132
悽慘的景象 138
格殺勿論作戰 144
在黑暗中發亮的雙眼 150

第二部

逼近的敵人 159

黑夜的遇難船 165
意想不到的收獲 171
不可思議的夢 179
脫逃的俘虜 184
聰明的僕人 193
教導佛萊迪 200
與佛萊迪的問答 206
十七個白人 212
新的獨木舟 220
終於，開始戰鬥 225
親情 234
逃出無人島的計畫 243
英國船的叛徒 249

敵人的小船 258
成為總督的我 264
七發信號 271
最後一天 277
懷念的老船長 286
佛萊迪擊退大熊 292
最後的冒險 299
後來的無人島 304
我與《魯賓遜漂流記》的第一次相遇／蔡適任 308
《魯賓遜漂流記》閱讀學習單 314

魯賓遜的孤島
退潮的北方洋流
兔子產子的地方
山羊
發現足跡
獨木舟最後停放之處
別墅
島外的人上岸之處
葡萄
哈蜜瓜
山羊
菸草
魯賓遜的堡壘
獨木舟的航道
獨木舟的航道
退潮的南方洋流
奧利諾科河口往西或西南航行70公里
淺灘
英國船
西班牙船遭難
最初魯賓遜觸礁之處
紐克
赫爾
北海
英國
大雅茅斯
敦克爾克
泰晤士河
倫敦
多佛港
加萊
多佛海峽
法國
英國
倫敦
不萊梅
德國
法國
歐洲
葡萄牙
里斯本
西班牙
大西洋
塞拉
摩洛哥
北美洲
加那利群島
北迴歸線
牙買加
哈瓦那
西印度群島
非洲
巴貝多
千里達
加勒比海
維德角半島
聖瑪爾塔
魯賓遜的孤島
奧利諾科河
圭亞那
帕爾馬斯岬
幾內亞灣
洛佩斯岬
亞馬遜河
太平洋
南美洲
托多斯奧斯聖托斯灣
巴西
里約熱內盧
南迴歸線
90°
75°
60°
45°
30°
15°
0°

第一部

對大海的憧憬

西元一六三二年，我出生於英國的**約克市**。我的父親是德國人，家鄉在港口城市不萊梅，他來到英國後，在**赫爾**從事貿易，賺了不少錢之後，便不再做生意，搬到約克市，過著悠閒的生活。

父親希望我成為律師或法官，甚至特地替我安排學校，但我絲毫沒有從事法律工作的意願，一心嚮往著成為水手、乘船出海。

唯獨這件事，無論父親多麼憤怒的反對，母親如何苦口婆心勸我放棄，我都充耳不聞。

某天早上，生病臥床的父親把我叫到跟前，他看起來憂心忡忡，用嚴肅的口吻對我說：

「我說過好幾次，離家當水手這件事你還是放棄吧。為什麼偏偏喜歡當危險的水手呢？留在家裡，可以一輩子過著平安快樂的生活，不需要四處奔波、像**奴隸**一樣工作，不是輕鬆得多嗎？

想想你那些沒出息的哥哥。你大哥不顧我們拚命阻止，擅自從軍，在**和西班牙打仗時**戰死了。我和你母親年紀大了，別再讓我們操心。」

如父親所言，大哥不顧父母苦苦哀求，擅自加入軍隊，最後在敦克爾克附近的一場戰役中戰死了。而二哥則是離家出走，我或父母都不知道他的下落。

「魯賓遜啊，你留在家裡，如果想做事，我可以找一份適合你的工作給你。我已經說了這麼多，假如你還是不明白，今後你就自己負責吧！將來你可別後悔沒有

約克市（第17頁）
位在英格蘭東北方，北約克郡的城市。從西元一世紀起作為軍事、交通、教育、文化中心而繁榮。至今仍保存很多羅馬時代的遺跡和古建築。（請參見卷頭地圖）

聽爸爸的忠告，那也為時已晚了。你千萬要想清楚。」

父親這番懇切、溫柔的話，讓血氣方剛的我深受感動。我決定順從父親，待在家裡過安穩的生活，再也不去想要成為水手、出國看看之類的事。

然而，過了四、五天後，我就忘了這些話，做出完全相反的決定。也就是說，為了不讓父親嘮叨，我決定偷偷離家出走。

即使如此，我還是再次試著和母親商量。

「媽，」

趁母親心情看起來比平常來得好的時候，我央求她：

「我已經十八歲了，就算現在去當實習律師，也做不了幾年。到頭來，我還是會中途放棄，跑去當水

赫爾（第17頁）

位於英國東部亨伯河口的港口城市。十三世紀建城，近年來隨著都市計畫的開展，內陸高速公路日趨完備，做為英國北方面向歐洲大陸門戶而備受重視。（請參見卷頭地圖）

奴隸

失去自由與人權，被當成勞動工具、個人財產，可在交易市場中被買賣的人。

手。我啊，說什麼也想親眼看看廣闊的世界。

一次就好，讓我去航海吧。媽，請妳幫我拜託爸爸。等我回來，我會認真工作，什麼地方也不去，好好補償你們。」

母親大發雷霆：

「你在胡說什麼？開什麼玩笑！爸爸那麼擔心你，你怎麼還好意思提出這種要求？」

母親斷然拒絕，使我不得不重新考慮。

然而，我並沒有死心。往後將近一年的時間，我不斷懇求父母，要他們讓我去航海，讓他們傷透了腦筋。

一天，我漫無目的的來到赫爾市。赫爾市距離約克市很近，是個很大的港口城市。走在街上時，碰巧遇到了朋友。

和西班牙打仗時（第18頁）

十七世紀，英國為爭取國際地位，加入法國和西班牙之間的戰爭，向西班牙開戰（一六五五～五九年）。因為占領了面多佛海峽的港都敦克爾克讓英軍占優勢。此戰役最終導致西班牙的衰落，提升了英國在國際的地位。

「我正要搭船去**倫敦**，馬上就要出發了。怎麼樣，你要不要來？那是我老爸的船，可以讓你免費搭乘！」

「真的嗎？那真是太好了！讓我跟你去吧！」

我非常開心，既沒有通知父母也沒有考慮下一步要怎麼走，立刻跟著朋友搭上了開往倫敦的船。

一六五一年九月一日，我的不幸就從這天開始了。世上恐怕沒有第二個年輕冒險家像我這麼悲慘，倒楣的日子持續不斷。

船就要駛離赫爾港之際，海上不但起風了，海浪也詭異的高低起伏。這是我第一次搭船出海，因此嚴重暈船。

暴風雨越來越大，每當巨浪打過來，船就像是要被吞入海中。

倫敦

英國首都，因貿易而繁榮的港口城市。十七世紀時，人口達到五十萬，成為歐洲最大的城市，聚集英國財力和人才之地。據原著作者記載，當時泰晤士河的下游處，一天就停滿約兩千艘的商船。

我害怕得不得了。事到如今，我才明白平靜的生活有多麼可貴，後悔沒有聽父母的勸告。

我想我一定是遭到了報應，我向上帝發誓，假如祂願意原諒我，讓我再度踏上陸地，我一定馬上回家，再也不出海了。

隔天，暴風雨終於逐漸平息。到了傍晚，風也停了，大海恢復了平靜。當天晚上，我睡得很熟。

隔天早晨醒來，我發現暈船的症狀已經消失，晴朗的藍天讓人身心舒暢。邀我上船的朋友拍了拍我的肩膀，說道：

「感覺如何？風雖然有點強，可是我看你一點都不怕嘛。」

「何止有一點強，開什麼玩笑，那是暴風雨啊！」

我生起氣來。

「那還稱不上暴風雨啦。不過，你是第一次搭船，也難怪這麼說。來吧，我們調個**潘趣酒**來喝喝吧。」

應朋友之邀，我們喝了好多酒。我喝得很醉，得意忘形起來，沒有記取教訓，又把父母忘得一乾二淨。

離開赫爾港的第六天，船抵達了大雅茅斯。我們在這裡停泊，等待風向改變，才能南下進入**泰晤士河**，前往倫敦。

我們必須在這裡等待風向改變，好讓船逆流而行。有許多船和我們一樣也在等待。

等了四、五天，又吹起強勁的風。由於船停在港口裡，沒有人感到擔心。

沒想到，到了第八天，又颳起暴風雨。船上一片混亂，向來好強的水手個個臉色大變、手足無措，連船長都喃喃自語道：

「這下完蛋了，我們已經無計可施！神啊，請救救

潘趣酒（第23頁）

以酒、糖、水果丁、水、茶（或香料）等五種材料調和而成的飲料，十七世紀時由東印度公司的水手在印度學到配方，後經英國傳向歐洲，是當時水手很愛的飲料。還有不加酒改加汽水的無酒精版，小朋友也可以喝。

我們！」

他不斷進出船長室。

波濤洶湧的海浪，每兩、三分鐘就拍打著船身。附近的船紛紛砍斷了所有桅杆、扔進海裡。我甚至看見有艘停在一公里外的船沉沒了。

我在船艙裡不知所措，只是愣愣的發著呆。

「船長，再這樣下去，不知道何時會翻船。還是砍斷桅杆吧！」

我聽見**水手長**大吼道。

「沒辦法了，砍吧！」

船長下了命令，所有的桅杆都被砍斷，一根不剩。

暴風雨依舊沒有減弱的跡象。

「糟了，滲水了！」

泰晤士河

從英國西南方注入北海的大河，全長三百四十公里。受到北海潮汐影響的倫敦橋下游是相當知名的商用水路。

十七世紀時的倫敦橋

「快用**幫浦**抽水！」

我嚇得魂飛魄散，緊緊抓住船艙裡的床。

「喂！你在做什麼？就算是菜鳥，也應該知道如何使用幫浦吧？」

水手長對我大吼。我立刻衝向幫浦，拚命幫忙壓。

忽然，信號彈在我身旁隆隆作響。

那是為了向附近船隻求救而發射的信號彈，不知情的我嚇得昏了過去。

不知道過了多久，等我醒來時，人已經在小船上了。所有人都拚了命跳上救生船，我則是被扛上去的。

據說不久之後，我們的船就沉了。

救生船就像樹葉在海上搖搖晃晃，漂流到很遠的地方，直到風勢減弱後，我們才終於爬上海岸。

水手長（第25頁）
聽從航海士的指令指揮水手，也負責檢查維修甲板上的錨和繩索等設備。

上岸後，我們用走的，總算平安回到了大雅茅斯港。

幫浦

設置在船艙的排水設備。主要用於把從船板間隙滲入船底的積水排出。當時的幫浦需要二至四人共同操作。

海盜的奴隸

我們受到大雅茅斯港居民親切的招待，甚至給了我們足以回赫爾或前往倫敦的旅費。

因為暴風雨吃足苦頭的我，如果在這時候認命回家，或許就不會遭受可怕命運的折磨。然而，當初我瞞著父母出海，事到如今實在不願意回家。

在大雅茅斯的旅館，我把自己的處境詳細告訴朋友和他的父親——也就是船長，船長嚴肅的對我說：

「你還年輕，想到國外看看，我可以體會你的心情。不過，經過這次，你也明白水手不好當吧？你瞞著父母上船，這是上天對你的懲罰。我的船會沉，或許也是因為上帝的憤怒，恕我無法再讓你和我們一起出海了。」

既然船長都這麼說了，我也無可奈何。我沒多說什麼就離開了。

（假如就這樣回家，一定會被鄰居當成笑柄，說我是個不爭氣的孩子。不如放手一搏，再出海去，說不定會有出人頭地的機會。）

打著如意算盤的我，決定先前往倫敦。

抵達倫敦後，我認識了一位親切的船長。這位船長曾經航海抵達非洲的**幾內亞灣**一帶，並賺了一大筆錢。

「真令人羨慕！我也想出海去見識廣大的世界。」

「那正好。我又要去幾內亞，可以免費讓你搭船，只要一路上能和我聊聊天就好。」

船長爽快的提議道。

「真的嗎？船長，那就麻煩你了！」

幾內亞灣

賴比瑞亞的帕爾馬斯岬到加彭的洛佩斯岬之間的廣大海灣。沿岸曾經是歐洲商人進行奴隸、黃金、象牙交易的地方。

「好！那就說定了。你也帶一些商品像玩具或日用品之類的去那裡做些買賣吧！」

在船長的建議下，我帶了四十英鎊的玩具和日用品。這筆錢是我寫信給親戚，請對方想辦法借給我的。

這次航海對我來說相當成功。我賣掉商品，換了將近三公斤的**砂金**。回到倫敦後賣了砂金，得到三百英鎊。不只賺了大錢，在這次航程中，船長非常仔細指導我，我學到成為水手不可或缺的技能，例如**星象觀測**、航海學、數學等等。

多虧了船長，我有信心能成為獨當一面的水手，也學會如何從事貿易。

沒想到，這位親切的船長回到英國不久便因病過世了，使我受到了相當大的打擊。不過，我仍然搭上同一

砂金
蘊含黃金成分的礦石經過風化後呈粉末狀的金沙，混在沙灘或河裡的泥沙中，用流水篩去泥沙可以淘到砂金。

星象觀測
航行中的船隻透過測量星體（太陽、月亮和星星）高度確認時間和所在位置。為了精準測量高度，會輔以誤差率低的六分儀或四分儀等儀器。

艘船出海，原來的**大副**則成為新船長。

我決定只帶一百英鎊出發，剩下的兩百英鎊交給前船長的太太保管後，踏上了新的旅程。

某天早上，船行駛在**加那利群島**與非洲海岸之間。負責監視的水手忽然大喊：

「有海盜船！」

一艘海盜船就要追上我們的船了。我們張開所有船帆，全力脫逃，然而海盜船卻逐漸逼近我們。

下午三點左右，雙方以大砲互相攻擊。對方的大砲數量多、人數也多，我們的船終於動彈不得，有三人死亡、八人受傷。最後，我們投降，成為對方的俘虜，被帶到**摩洛哥**西海岸一個名叫**塞拉**的港口。

我成了海盜船長的奴隸。我既年輕，看起來也聰明

大副

負責確認位置、指揮水手並支援船長的高階水手。

加那利群島

大西洋中位於非洲大陸西北方大大小小的多個島嶼。因為大多是由火山噴發所形成的，因此大部分的面積都是沙漠。從歐洲向南非、中南美航行途中會經過。（請參見卷頭地圖）

伶俐，於是海盜船長要我替他做事。

（啊！完蛋了！萬一我得當一輩子的奴隸，那該怎麼辦？若能有西班牙或葡萄牙的軍艦來破獲海盜船，我就得救了。）

然而，我的希望落空了。海盜出海時，總是把我一個人留在船長家裡。

成為俘虜的其他同伴也都淪為奴隸、被帶往別處，因此我無法與他們聯絡，只能獨自思索該如何逃跑。

就這樣，我當了兩年的奴隸。

我的主人也就是海盜船的船長，經常出海釣魚。隨從除了我，還有一個名叫朱利的**柏柏人**少年。

某天，主人把我叫到身邊。

摩洛哥（第31頁）

非洲大陸西北方的古老國度，歷史悠久。在十一到十二世紀國力曾經盛極一時，但隨著十五世紀歐洲列強崛起，摩洛哥逐漸沒落。

塞拉（第31頁）

位於摩洛哥北方的海港，舊名為塞利。在十七到十八世紀成為海盜的根據地。（請參見卷頭地圖）

「明天會有兩、三位貴客來訪，我邀請他們來釣魚，記得在船上擺滿菜餚和美酒。另外，我們也會上岸獵鳥，別忘了準備三把**火繩槍**、火藥和子彈。」

我們立刻著手準備。這是一艘從英國人手上搶來的大船，改造之後，中央有個可以睡兩、三人的船艙，也設置了**羅盤**。船艙的櫥櫃裡，總是放著船長喜歡的酒和食物。

我照船長的指示，前一天晚上就把許多請客用的佳餚和酒搬到船上。

隔天早上，我、朱利以及船長的親戚——另一名柏柏人青年，三個人一起上船待命，可是只有主人獨自現身。

「客人有事會晚點到。不過，他們會來用晚餐，你

柏柏人（第32頁）
多居住於摩洛哥的茅利塔尼亞地區。西班牙人稱他們為摩洛斯，在英語則稱他們為摩爾，因此柏柏人又被稱為摩爾人。

火繩槍
十五世紀後半到十八世紀使用的早期手槍。透過緩慢燃燒的火繩以推進子彈。射程約五十公尺，缺點是擊發一次需要花兩分鐘，且雨天無法使用。

們三個人先去釣魚來當晚餐招待。」

頓時，「現在是逃跑的好機會」這個念頭從我的腦海閃過。主人離開後，我馬上若無其事的開船出海。昨天我們搬來不少糧食和水，也有槍和火藥，除此之外，還有平常就放在船上的各種道具。

（這是個千載難逢的大好機會，無論如何，我都要想辦法逃離這裡。）

船駛離港口，我滿腦子想的都是這件事。開了兩公里左右，我把船停下來釣魚，不，應該說是假裝釣魚。過了一會兒，我這麼說：

「這裡根本釣不到。釣不到魚招待客人，對主人過意不去，我們去遠一點的海域吧！」

在船頭的柏柏青年張帆前進。在船尾的我則把掌舵

羅盤

利用正中央的小磁石指向南北方的特性，確認船航行方向的工具。

的任務交給朱利，走到船頭，趁機把柏柏青年推入海裡。
柏柏青年擅長游泳，很快就追了上來。我從船艙拿出槍，對準他大吼：
「我不想殺你，可是不能讓你上船！趁現在回頭的話，你還能游回陸地！要是你敢接近船，我就轟了你的頭！」
柏柏青年掉頭朝陸地游去。我目送了他好一會兒，接著朝朱利大吼：
「朱利，你是值得信任的傢伙，假如你願意聽我的話，我就讓你飛黃騰達。否則，我也一樣會把你扔進海裡！」
說完，朱利笑瞇瞇的，帶著真誠的眼神走向我說：
「我，願意聽你的話。不管去哪裡，我都跟著你。」
老實的朱利用不太流利的英文回答。
趁追兵還沒找到我們，要盡可能逃得越遠越好。我奮力操縱著船，也很幸運遇上了強風。
隔天下午三點左右，遠處出現了陸地。船乘風迅速前進，我們就這樣航行了五天。到了第五天，由於飲水不足，我們戰戰兢兢的讓船靠向沒有人煙的陸地，幸運找到了水源。

我們繼續航行，心想只要開到非洲最西邊的**維德角半島**，一定能遇到歐洲的商船。

維德角半島
正對大西洋，位於非洲西部（請參見卷頭地圖）。東南部為非洲少有的港口，做為貿易和漁業中心而繁榮。維德角半島意指綠色岬角，半島上有沙漠地帶少見的植被覆蓋。

前往巴西

我讓船不斷沿著岸邊往南方航行。陸地上看不到半個人影，似乎只有野獸。

某天早上，我們為了尋找水源，把船停在高聳突出的海岬下方。

朱利喊道：

「船，停在遠一點的地方比較好。你看，對面山丘上，有可怕的怪物在睡覺。」

我順著朱利指的方向看去，原來真的有可怕的怪物，是一頭巨大的獅子。

「朱利，你到岸上去，把牠殺了。」我說。

朱利露出驚恐的表情：

「不要，好可怕。我會被牠一口吃掉。」他臉色慘白的說。

「啊哈哈哈哈！開玩笑的。我來對付牠，你看著吧！」

我從船艙拿出三把槍，填上子彈，瞄準獅子的頭開槍。然而，子彈只擊中了牠的前腳，把骨頭打碎。

獅子發出駭人的低吼，打算用三隻腳站起來。我立刻開了第二槍，精準命中頭部。獅子連呻吟都來不及就倒下了。

「我想過去看看。」

這次，朱利精力充沛的說。

「好，你去吧！」

朱利一手拿著槍，矯健的游到岸邊，爬上陸地。他靠近獅子，朝頭部開了致命的一槍。

獅子肉無法食用，我們花了一天的時間剝下獅子皮，把皮曬在船艙的屋頂，短短兩天就徹底乾了。後來，獅子皮成為睡覺時躺的舒服墊子。

之後，我們往南方持續航行了十天以上，糧食逐漸變少，只好盡可能省著吃。

不久，海岸上出現了人影，有五、六名男子跑了過來。對方很可能不懷好意，但我們非常需要食物。

「朱利，再靠近一點。」

「不行，太危險了。那個人拿著矛。」

朱利說的沒錯，其中一人手上拿著矛。

但我沒有聽從他的勸告，把船開到矛射不到的地方，比手畫腳和對方溝通。我用手勢和動作表示我們想要食物，對方似乎理解了。

兩名男子跑向草叢。一會兒後，他們帶著肉乾和類似穀物的東西回到原地。不過，我們都在提防彼此，不知道該怎麼拿取食物。正感到為難時，這些黑人想到了好辦法，他們把食物放在沙灘上，隨即退到遠處。

我和朱利趁機把食物搬到船上，黑人才又回到了沙灘上。

我們向這群好心的黑人道別，再度啟程。之後，我們持續航行了十一天，碰上了由長形的陸地延伸而出的海角。繞過這個海角後，另一側清楚可見連接海角的陸地。

因此，我判斷這個海角就是我們的目標——維德角半島了。

（要暫時待在這裡觀察一下情況還是繼續航行到更遠一點的地方？萬一沒有順利遇到歐洲的商船，該怎麼辦呢？）

我在船艙裡陷入沉思。這時，朱利放聲大喊：

「主人！主人！有一艘大帆船！」

朱利一定以為那個海盜船長追來了，顯得驚慌失措。雖然知道海盜頭目不可能追上來，我仍然從船艙衝了出來。

「哦！那是葡萄牙的船，馬上向他們發出訊號吧！」

我拿出準備好的旗幟和槍，用力揮舞旗幟、不斷對空鳴槍發出訊號。

對方似乎也發現了我們，把船停下來了。我們張開所有的帆，花了三小時，好不容易才抵達這艘船所在的位置。

船上的水手不斷用葡萄牙語、西班牙語和法語對我們發問，我卻都聽不懂，最後總算出現了勉強會說英語的水手。我向他解釋，我被柏柏海盜抓去當奴隸，想盡辦法才成功脫逃。

「假如你們沒有伸出援手，我們不知道會有什麼下場。為了表示謝意，我把所有東西都送給你們。」我對船長這麼說。

沒想到，看起來善良又親切的船長卻拒絕了。

「營救遇難的人是理所當然的事，你不需要道謝。這艘船要開往**巴西**，抵達之後，你們可以賣掉不需要的物品，換取金錢。」

好心的船長這麼說，替我們將所有物品運上船。

「你的船非常堅固，是英國製的吧。如果你願意讓給我，我想把它當成這艘船的救生艇。你願意用多少錢讓給我呢？」

「船長，您對我這麼好，就照您的意思給就好。」

巴西

一五〇〇年由葡萄牙艦隊發現，為南美洲唯一的葡萄牙殖民地，一八二二年獨立。農業興盛，以咖啡和砂糖等聞名。

（請參見卷頭地圖）

「是嗎？這樣吧，到了巴西之後，我付你八十枚**西班牙銀圓**吧！另外，這名少年能不能用六十枚西班牙銀圓讓給我呢？」

朱利對我忠心耿耿，我實在狠不下心把他賣掉，於是對船長誠實說出我的想法。

「你的想法非常了不起。這樣好了，如果他願意成為基督教徒，我就跟他簽約，保證十年後讓他恢復自由之身，怎麼樣？」

既然船長都這麼說了，我也不好意思拒絕，便詢問朱利的想法。朱利也希望跟著好心的船長一起工作，這件事就談妥了。

我們的航程非常愉快，二十二天後，抵達了巴西的托多斯奧斯聖托斯灣。

西班牙銀圓

十八到十九世紀末在西班牙和中南美洲的西班牙殖民地通用的貨幣。直徑四公分，重量約二十七公克。銀圓背面描繪了聳立於直布羅陀海峽兩岸，被稱為「海克力斯之柱」的兩根巨石。

最後，我拜託船長收購我不需要的物品，帶著兩百二十枚西班牙銀圓上岸了。

好心的船長把我介紹給一位經營農場的人士，他也是一個不輸給船長的好人。我暫時借住在這個人家裡，向他學習如何管理農場。

經營農場的人，大家都過著輕鬆的生活，錢也越賺越多。

（留在這裡開農場，感覺也不壞。我還年輕，先賺一筆大錢再回故鄉也好。）

這樣一想，我很快買了土地，擬定開設農場的計畫。大約三個月後，葡萄牙船長決定回到里斯本。臨別時，我和他提到交給英國船長太太保管的兩百英鎊。

「假如有那筆錢，經營農場就會輕鬆不少呢。」

「這樣吧，你寫封信給那位太太。就說你決定使用一半也就是一百英鎊來試試身手，請她購買需要的物品，寄到我在里斯本的住處。下次我來巴西的時候，再幫你把東西帶過來。」

我馬上把事情經過詳細寫在信上，託付葡萄牙船長轉交給那位英國船長太太。

好心的船長再次來到巴西時，按照約定，替我帶來了各種用具。除此之外，還運來在巴西價格昂貴的英國羊毛織品，我把這些賣掉，賺了四倍以上的錢。

船長認為我應該會需要人手，甚至帶了一名歐洲男子給我當僕人。多虧他的熱心，我有一種成為大富翁的感覺。

颳暴風雨的大海

農場在一開始的兩年內，光是種植自己要吃的食物，就忙不過來了。

隔壁農場的主人名叫威爾斯。由於他的雙親是英國人，我們又是鄰居，我和他很快就變成了好朋友。

到了第三年，農場的情況穩定多了，於是我開始種植**菸草**。

「威爾斯，明年我們擴大農場的規模，一起來種**甘蔗**吧！」

我如此提議，威爾斯也大力贊成。

菸草栽種得相當成功。多虧了菸草，我存到越來越多錢。

假如就這樣腳踏實地的經營農場，將來一定會成為大富翁。

然而，也許是我的欲望太深，腦子裡無時無刻都有著想做一件大事、一舉功成名就的想法。

來到巴西已經過了四年，我結交了許多朋友，和商人的交情特別好。於是，我把以前在幾內亞灣的賺錢方式告訴他們。

「幾內亞的黑人哪，給他們不足為奇的玩具、小刀、剪刀、**手斧**、小型玻璃製品等等，就會像小孩一樣開心。他們會用砂金或**象牙**來交換，不管開價多少都可以。有時，甚至能**買下一大群黑人**呢！」

「買下一大群黑人？什麼意思？」

其中一名商人十分感興趣。

「不過，要有西班牙或葡萄牙國王的許可，才能買賣黑人吧，否則被發現違法交易，那就糟了。」

另一名商人說道。

菸草

茄科一年生植物。高度約兩公尺，一株會有約四十枚的橢圓形葉子，將葉子乾燥後可製成菸草。有些藥膏也會混有菸草的成分。

某天早上，這群商人和我認識的幾個農場主人一起來拜訪我。

「我們想和你商量一件事。我們正在計畫去你上次提過的幾內亞灣買黑人，把他們帶到巴西賣給缺人手的農場。怎麼樣？你能不能協助我們？」

現在我衣食不缺，完全不需要做這種危險的生意。然而，我卻抵擋不住能夠再度出海的誘惑。

「那麼，我該做什麼呢？」

「你不必出資，只要負責監督就好。當然啦，回到這裡之後，我們也會分些黑人給你。」

「如果條件是這樣，那我很樂意。」我答道。

出海期間，我把農場交由朋友來管理。不知道這次出海會發生什麼事，於是我寫了遺書，寄給我的救命恩

甘蔗（第46頁）
禾本科多年生植物。高度約二到三公尺，莖的直徑約二到四公分，分布在熱帶和亞熱帶地區。莖部榨取汁液可以製成砂糖。

手斧（第47頁）
斧頭中把柄較短可以單手使用的工具。握柄以堅硬的木頭製成。

人，也就是那位葡萄牙船長。

一六五九年九月一日，出發的時刻終於來臨。命運真是奇妙，八年前的九月一日，正是我違背父母的期望，瞞著他們離開赫爾港的日子。

我搭乘的船重達一百二十噸，設置了六門大砲。除了船長、船長的僕人和我以外，還有十四名水手。行李中裝了要送給黑人的小型玻璃製品、小刀、剪刀、手斧等小東西。

船沿著海岸朝北方前進。越接近**赤道**，天氣也越來越熱。

十二天後，船通過了赤道。原本預計在抵達**北緯**十度或十二度一帶時，就改變方向，朝非洲航行。

不料，來到北緯七度二十二分時，我們突然遭到強

象牙（第47頁）

十七到十八世紀時的歐洲相當盛行象牙工藝品，導致大量非洲象被獵捕殘殺，目前全球已禁止象牙貿易。

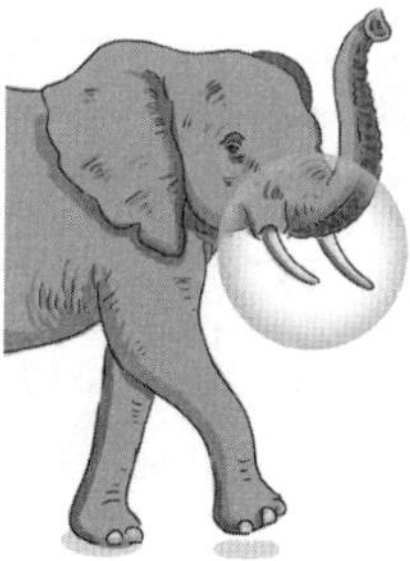

烈颱風襲擊。不間斷的強風，改變了我們的航向。

船任憑風暴吹襲，無法判斷正朝哪裡前進。

眼看船就要沉沒，我們無計可施，只能將生死託付給上天。

暴風雨颳了整整十二天，沒有間斷。這段期間，有一名水手死於**熱病**，另一名水手和船長的僕人被大浪捲走，消失在海中。

第十二天，暴風雨稍稍停歇。根據船長的觀測，我們位於北緯十一度左右。

「雖然搞不清楚正確位置，但我們似乎來到比亞馬遜河還要北邊的地方。這場暴風雨對船造成不小的損害，我認為返回巴西比較安全，你認為呢？」

船長詢問我的意見。

買一大群黑人（第47頁）

十五世紀之後，因應美洲大陸勞動力不足的問題，從非洲輸出了大量黑奴。因為離家鄉太過遙遠，逃走案例極少。十六到十八世紀他們被迫從事棉花栽種等等的重度勞動，人權嚴重被剝奪。

「我反對。我認為應該繼續航行，經過港口時靠岸修理、雇用新的水手就行了。」我答道。

於是，我和船長兩人查了**航海圖**，預估大約花十五天的時間，就能抵達**西印度群島**的**巴貝多島**。

我們改變船的航向，朝巴貝多島前進，相信到了那裡就能獲救。

然而，我們不但沒有獲救，反倒導致相反的結果。我們再次遭到颱風襲擊，船被吹往西方。

某天早上，一名水手大叫喊：

「是陸地！看見陸地了！」

我們立刻衝出船艙。這時，船發出詭異的聲響，擱淺了。船一靜止，海浪便像綿延的山峰似的打了上來，我們緊急逃進船艙。

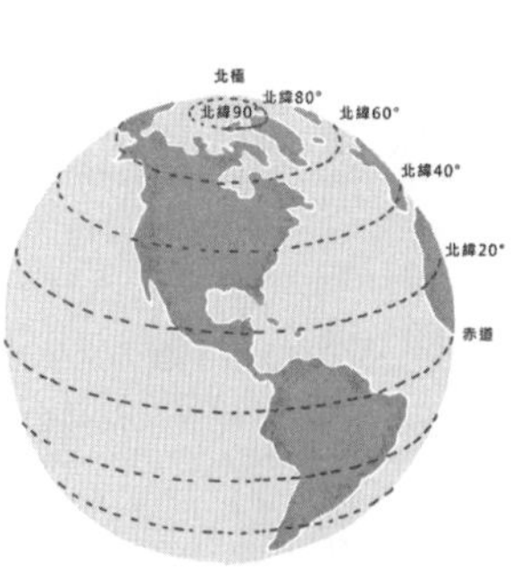

赤道與北緯（第49頁）

所有人你看我、我看你，每個人的表情都透露著絕望，甚至做好了將會死去的心理準備。剛才看見的陸地，是一座小島還是一片陸地？這裡到底是哪裡？完全摸不著頭緒。

大家心情沉重，不發一語。

「風勢好像稍微減弱了！」

船長說道。所有人豎起耳朵。

「就這樣待著不動，只能等死。船脫困的機率很低，不只如此，遲早還可能解體。幸好我們還有一艘小船，大家移動到小船上吧！」

所有人按照船長的指示來到甲板。暴風雨的威力確實減弱了，翻騰的巨浪卻仍一波接著一波湧上來。

我們費了一番工夫才放下小船，所有人都坐了上

熱病（第50頁）

廣義來說是伴隨高溫症狀的疾病，但在這裡指的是中暑引起的日射病或熱射病。患病的水手不只會持續發熱，而且會神智不清，甚至會把海看成草原而跳海。

航海圖（第51頁）

記載海洋水域和沿岸的專用地圖。為保持航海安全，內容詳細記錄了水深、潮汐、標的物等。

去，朝陸地拚命划。我們不清楚海岸的情況，若有岩石或懸崖，小船一定會撞上去；但順利的話，也許能遇上沙灘。

划了四公里左右，比剛才更驚人的巨浪，從小船後方逼近，眼看就要吞沒我們了。

「救命啊！」

有人放聲大叫的一剎那，船翻了。所有人都掉進海裡，無人倖免。

我被拋進大海，不停掙扎，拚命想浮上水面。雖然對自己的游泳技術相當有自信，然而在大海中無法呼吸。我一面掙扎，一面被猛烈的海浪沖擊。浪退了之後，我被留在沙灘上，疲憊得幾乎要斷氣了。

還來不及喘一口氣，下一波巨浪又把我捲走。

西印度群島（第51頁）大西洋和加勒比海之間的列島。總計有一萬座以上大大小小的島嶼。十五世紀哥倫布發現時誤認為是印度因而得名。十七到十八世紀成為歐洲列強的爭奪所屬權的區域，最後由英國獲勝。（請參見卷頭地圖）

（萬一浪退時又被帶到海上，那就糟糕了！）

一想到這裡，我就使勁的游。好幾次都被大浪捲走，又再沖回來。最後，撞上了岩石，我痛得幾乎昏過去，但還是使出全力攀住那塊岩石。

岩石距離沙灘很近。我拚命跑到海浪到不了的地方，總算上了岸，精疲力盡的坐在草地上。

我終於撿回了一命。

「感謝上帝。」

我仰望天空並感謝神。想到自己得救了，內心滿是無法言喻的喜悅。

然而，其他夥伴全都溺死了，後來只有四頂帽子和兩隻鞋子被沖上海岸。

巴貝多島（第51頁）

西印度群島中的東方島嶼。十六世紀西班牙人登陸，將當地原住民帶回去當奴隸，在十七世紀由英國占領前都是無人島的狀態。於一九六六年獨立。

無人島

我累得癱在草地上好一陣子。遠方隱約可見被沖上淺灘的船。我竟然有辦法從那麼遠的地方游上岸，事到如今才感到吃驚。

我環顧四周。

（有人住在這裡嗎？如果有可怕的原住民，我恐怕難逃一死。不知道有沒有食物和水？搞不好還有可怕的猛獸。）

這些念頭接二連三閃過腦海，我無法什麼都不做就這麼待在原地不動。

四周漸漸變得昏暗，必須在入夜前找個安全的藏身之處。我身上只有一把小刀、**菸斗**、還有裝在箱子裡的菸草。

我發瘋似的四處奔走，最後終於在距離海岸兩百公尺左右的地方找到了水源。

喝足了水後，我**嚼了幾口菸草**充飢。

（總之，今天晚上就在樹上過夜吧！就算會被猛獸吃掉、被原住民殺死、還是餓死，不管會怎麼死，明天再說吧！）

我爬上一棵枝葉茂密的樹，橫躺在樹枝之間，避免睡著後掉下去。我還砍下一根樹枝當防身棒。由於實在太疲倦了，我一下就睡得很熟。

一睜開眼，天也亮了。昨天的暴風雨像是一場夢，天空蔚藍而晴朗，大海也相當平靜。

「啊！」

我不由得大吃一驚。擱淺的船，不就正在昨天我撞上的那塊岩石旁邊嗎？想必是昨晚起伏的大浪，把船沖上岸來的吧？船距離我所在的位置不到一公里半，尚稱

菸斗（第55頁）

管狀菸具，用來吸菸草。在十六世紀傳到歐洲。

嚼了幾口菸草

當時的英國認為嚼菸草能預防感染病。美洲的印地安人會將磨成粉的菸草捏成球狀，旅行時隨時攜帶，飢餓時用來填肚子。

完整，立在那裡。

（對了，船上應該有食物。除了食物，也有些必要的工具。）

我爬下樹，環顧四周。遙遠的沙灘上，有被浪打上岸的小船。

我沿著沙灘朝小船走去，走到一半就被遼闊的海灣阻斷了去路，想過也過不去。

於是，我決定等待退潮。由於這裡是一大片淺灘，退潮後能夠走到非常接近船的地方。

船體被沖到像是堤防的沙灘上，船尾高高翹起，船頭則是幾乎要貼近水面。

我繞著船游了兩圈，總算找到垂掛的繩索，抓著繩索爬上船。

（假如大家沒有改搭小船、留在船上，就會得救了。）

一想到這裡，我就悲從中來。但是，接下來會有什麼遭遇，我自己也不知道。

（總之，首先必須找到糧食。）

我首先前往糧艙，幸好水沒有淹進來，我啃著在那裡找到的餅乾，一邊尋找其他物品。找到**蘭姆酒**後，我喝了一口替自己打氣。

「好了，現在沒時間感傷了，得快把船上有用的物品全都搬到陸地吧。不過，說是要搬，我也沒有小船可運送。」

彷彿有人在聽我說話似的，我一邊思考著，一邊自言自語。

沒錯，我正在鼓勵自己。

（對了，我可以做木筏。）

我馬上動手做木筏。我把**船桁**、備用的桅杆、幾根木材，用繩索一一綁起來後扔進海裡。接著，我跳入海中，把繩索拉到身邊，將木材綁成木筏，再把四、五塊木板並排放上。

木筏完成後，我物色要帶走的物品。先是找到了箱

蘭姆酒

利用蔗糖蜜發酵、蒸餾製成的酒。因為酒精度高和獨特的香氣，常被用於製作點心。

船桁

為了將帆張開，與帆柱垂直的橫木。帆船為了讓風成為航行動力，必須讓船桁能夠配合風向進行調整。

子，便把糧食裝進裡面；除了麵包、**起司**、曬乾的羊肉、穀物，還找到了好幾種酒。

衣服也很重要。船上有很多衣服，我只先選了最需要的。我還找到了工具箱，後來幫了我大忙。

接著尋找武器。發現兩把**獵槍**、兩把手槍、兩把生鏽的**佩劍**，還有裝在小袋子裡的子彈，以及裝在木桶裡的火藥。

我把這些東西搬上木筏，最後拿來兩、三支船槳。

一切順利，開始漲潮了。

（趁著漲潮，或許能輕鬆抵達海岸。）

我這麼想著，一邊用槳控制方向，一邊朝海岸前進。沒想到，木筏的流向竟偏離了我上岸的地方。

（看來，這一帶的海潮有固定的流向。）

起司

這裡指的是荷蘭起司，堅硬而適合長期保存，其中具代表性的是高脂肪含量的高達起司，和熟成後散發甜美香氣的鹽味埃德姆起司。

我這麼認為。

海流帶動木筏，不斷前進，不久便看見海灣。乘著海潮進入海灣，來到了一條小河。

我把木筏停在河口，槳插在一旁擋住，免得木筏被沖走。

（接下來要找一個安全的地方放這些東西。不對，首先得偵查這一帶的情況。這裡到底是陸地的一部分還是一座小島？有沒有人居住？對了，爬上那座山丘，應該可以看得很清楚吧！）

前方大約一公里遠之處，正好有一座略高的小山丘。我帶著獵槍和手槍爬了上去。

不過，眺望四周的那一刻，我清楚明白自己的命運有多麼坎坷。周圍盡是大海，這是一座海上的孤島。往

獵槍
射程可達一百公尺以上，用於狩獵的槍械。雖然有的獵槍具有擊倒大象的強大火力，但主要仍用於狩獵兔子、狐狸等小動物。

西十五公里左右之外的遠方，有兩座比這島更小的小島，就只有這樣。

看來這是一座無人島，鳥類倒是多得不得了。回程的路上，我試著開槍去射擊停在樹上的鳥。槍聲響起，林裡的鳥群全都四散，這恐怕是這座島形成後的第一聲槍響吧？

我打下一隻不知道是什麼鳥，牠的肉臭得就像腐敗了一樣，根本不能吃。

我回到小河，把物品搬上陸地，光做這件事就花了一整天的時間。

當天晚上，我用箱子和木板把自己圍起來，睡在中間。一想到將來的事，實在沒辦法安穩入眠。

（總之，盡可能把派得上用場的東西從船上搬下

佩劍（第60頁）

當時除了貴族之外，幾乎所有軍人或士兵都會帶著佩劍，又稱軍刀或馬刀，是一種單刃的長刀，大部分的刀刃是有弧度的。

千斤頂

利用轉動螺栓，用少許力量抬起重物的裝置。

來。要是再颳起暴風雨，船體一定會瓦解。首要任務就是盡快把船上的物品搬上陸地。）

隔天早上，我像第一次那樣，趁退潮時上船。我又做了木筏，這次也搬了很多東西。

兩、三個裝滿大小釘子的袋子、一個**千斤頂**、兩打手斧、一個磨刀石、兩、三把**鐵撬**、七把步槍和一把獵槍、子彈和火藥、還有一卷**鉛板**。此外，還有衣服、一片帆布、一張**吊床**和一些寢具。

我把這些物品搬上木筏，回到島上。一回到原地，就看到箱子上坐著一隻很像**山貓**的動物。我走近牠，牠逃了一小段距離，乖巧的看著我。我朝牠扔了一塊餅乾，牠聞了聞味道，津津有味的吃了起來，一臉還想再吃的樣子。

鐵撬

利用槓桿原理用來釘拔的工具。鐵製的扁平棒子，其中一端或兩端均呈尖銳狀，彎曲角度約90度。

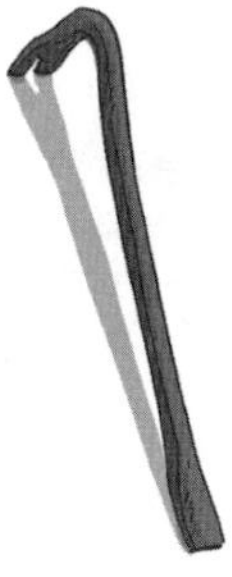

鉛板

古時候的船多為木造，船底得多包覆一層鉛板以免蟲蝕滲水。後來英國海軍發現鉛板無法防止海藻或貝類附著，才改用銅板。

「抱歉，我不能再給你了，這是我寶貴的糧食。」
牠便死心，很快就離開了。
我把第二趟的東西搬上陸地，用船帆做了小小的帳篷，把不能淋濕的東西收進帳篷裡。當天晚上，我睡得很熟。
隔天起，我一刻也沒有休息，每天忙著把船上的物品搬回陸地。所有能搬的東西一個不留，全都搬下來，非常辛苦。
細繩、麻繩、甚至連濕掉的火藥我都搬下來。船帆又大又重，我切成小片才帶走。
來回搬了六趟後，船艙裡幾乎已經清空了。
搬第七趟時，我找到一個裝了麵包的大木桶、三桶酒、一箱砂糖和一桶麵粉。我原本以為船上已經沒有糧

吊床（第63頁）
過去主要用於船上作為水手休息睡覺用。

食了，找到這些時十分開心。

隔天，我決定搬運錨繩和一些金屬。我破壞船的一部分來製作木筏，裝載物品，準備回到島上。但東西實在太重，木筏翻了，東西當然也沉入海底。

「我不能輕易放棄。什麼時候、為了何事會用到哪些東西，沒人預料得到。」

我自言自語，要等退潮後著手打撈那些東西。海灣雖然離岸邊很近，但必須一再潛入水底，真的非常痛苦。我只打撈起一部分，剩下的決定放棄。

自從我來到島上已經過了十三天，前往船上十一趟。

我準備第十二次前往船上時，海上颳起風了，不過我還是不顧一切的出發。我以為船上已經沒剩什麼，卻

山貓（第63頁）

這裡指的是亞洲野貓。體型和家貓相似，耳朵呈圓形，身體的花紋是縱向平排的點狀。主要分布於印度及馬來西亞群島。

在櫃子深處發現了巴西、西班牙等國家的金幣和銀幣。

「在無人島生活，就算有一整船的金幣也沒用，全都給我消失在海底吧！」

我這麼說著，正打算把金幣倒進海裡，卻又改變想法，決定帶走。

風勢不知不覺變強了，從陸地吹向大海，看來很難坐木筏回去。萬一操控得不好，就會被浪沖走，永遠無法回到島上。

我毅然決然跳進海裡，游回島上。我把發現的錢纏在身上，游起來更加辛苦。雖然如此，我仍然平安回到了帳篷。

麻（第64頁）

大麻科一年生植物，高度可達三公尺。從莖部取下來的纖維非常結實耐用，自古以來被用於製成線材或布料。

要塞之家

當天晚上，終於轉變為暴風雨的天氣了。

隔天早上醒來後往外看，我大吃一驚。那艘船消失不見了！

（我把船上大部分的物品都搬下來了，真是不幸中的大幸。多虧我不辭辛勞的幹活。）

我感慨的想著。

（好了，接下來就是蓋一個安全的住處。該選什麼地點才好呢？）

我考慮了很多條件：

第一，對健康有益，也要有水源。

第二，不會曬到強烈陽光。

第三，假如有可怕的人或野獸前來攻擊，也能夠完全防守。

第四，可以眺望大海。假如上帝保佑，有船經過這裡時，就能夠注意到。

我找到了正好符合這些條件的地方。山丘的斜面上有一塊小平地，後方是陡峭的懸崖，那裡有個小洞穴。

這塊長滿草的平地，寬約一百公尺，長度則約有寬度的兩倍；位於山丘北方，一整天幾乎都曬不到太陽。

首先，我以洞穴為中心，在平地畫了半徑十公尺的半圓形。沿著半圓，在地面釘了兩排堅固的木樁。木樁的高度有一點六、七公尺，兩排木樁相隔十五公分以上。

接著，我在兩排木樁之間設置了許多錨繩，如同城牆般的柵欄便完成了。這麼一來，無論是人或野獸，都無法輕易越過。

搭柵欄花費了許多時間和勞力。要從森林砍來一根根木樁，再打進地面。

我把所有物品搬進這個像是要塞的柵欄裡，將出入口封死。進出就架起梯子，爬梯子跨越柵欄。待在柵欄裡的時候，一定會卸下梯子。不這樣提高警覺，晚上就無法安穩入睡。

在要塞裡，我架了不同大小的兩層帳篷，把東西放進帳篷，再蓋上防水布。雖然從船上搬了床過來，但我沒有使用，而是睡在吊床上。

接著，我在帳棚後面的峭壁挖起洞。挖出的土壤和岩塊，就堆在柵欄內側。這個洞穴成為我的倉庫，但挖洞也費了我一番工夫。

某天，烏雲突然籠罩整個天空，接著下大雨，還響起轟隆雷聲。閃電的亮光令人暈眩。

（不妙。萬一閃電劈下來，引發火藥爆炸，別說所有的火藥桶，這裡的一切都會被炸成灰燼。）

我立刻放下其他工作，把火藥分成上百個小包裝，塞進倉庫和巨大岩壁上的無數小洞裡。我花了近兩星期的時間才完成這項工作。全部的火藥換算成重量，大概有一百一十公斤左右吧。

就這樣，我一邊打造安全的居住環境，每天也一定會扛著槍巡邏一次。
當我得知這座島上有山羊時，真的好高興。
山羊生性膽小，逃跑的速度很快、難以接近。
後來發現了山羊聚集的地方，我便躲在岩石上等待。
看見遠遠的下方出現山羊群時，我朝羊群開了一槍。子彈打中正在餵小羊吃奶的母羊。
（啊！我做了好殘忍的事。）
我這麼想，著急的跑向母羊。
小羊不肯離開倒地的母羊。我把被打死的母羊扛走，小羊也一路跟了過來。
（對了，說不定我可以養這頭小羊。）
於是，我把小羊放入柵欄內，決定飼養牠。不過，小羊卻怎麼也不肯吃我給的食物，最後只好放棄飼養，殺了小羊當作糧食。我很珍惜這兩頭羊的肉，一點一點慢慢吃，撐了很長一段時間。

總之，建造安全住處的工作，終於告一段落。接下來該怎麼活下去呢？一想到這裡，無法言喻的鬱悶便籠罩在心頭，讓我失去希望、陷入自暴自棄的心情。

（我會就這樣一輩子待在無人島上，最後死在這裡嗎？上帝為什麼要讓我遇到如此悲慘的事？）

每當有這樣的想法，我就替自己打氣。

「魯賓遜，你要振作！你的命運確實很悲慘，但是和你搭同一艘船的同伴都溺死了，你卻活下來了呀！」

「我確實撿回了一條命，可是……」

「不只撿回一條命，你還得到了生存所需的各種物品，還有許多火藥和子彈，不是嗎？」

像這樣，我在心裡自問自答。不只在心裡想，還寫在紙上，把想法整理一番。

於是，我將自己目前的經歷，分別整理出悲慘和幸運的事。

【悲慘的事】
漂流到無人島，沒有希望獲救。
彷彿只有我被排除在世界之外，遭遇悲慘。
孤單一人，遭世界遺棄。

【幸運的事】
所有同伴都死了，只有我活了下來。
只有我得救，沒有共赴黃泉，或許上帝還會拯救我第二次。
雖是在沒有任何食物的荒涼土地上，卻還不至於餓死。

就像這樣，即使碰上了沒有比現在更悲慘的情況，還是有些事讓我認為自己很幸運。

（事到如今，煩惱也無濟於事，必須努力過得更好。）

我是這麼想的。

獵山羊

我是在九月三十日漂流到這座無人島來的。我擔心一不留神就會忘了日子，於是用大柱子做了**十字架**，立在首次踏上的海岸，並用刀子刻上以下的文字：

一六五九年九月三十日，我於此地登陸。

接下來，我每天都在柱子側面用刀子劃上刻痕，每到第七天就劃兩倍長的刻痕、每個月的第一天則劃上四倍長的刻痕，我用這種方式記錄星期和年月。

前面提過，我從船上搬了許多物品回來，其中有許多特別實用的東西，尤其是筆、墨水、紙、羅盤、**日晷**、海圖、航海學的書籍等等。

此外，還有三本聖經以及五、六本葡萄牙語的書。

原本養在船上的一隻狗和兩隻貓，現在成了我重要的朋友。貓由我抱著，狗則是跟著我游上岸。關於這些動物，日後有機會再好好說明。

因為有筆、墨水和紙，我盡可能詳細記錄各種事情。墨水用完之後，我嘗試自製墨水，可是怎麼試都不成功。

若問我有什麼是缺少了就會造成生活不便的，大概是鐵鍬、**十字鎬**、鑵子和針線。這些雖然都是不起眼的東西，卻是生活上不可或缺的。

不過，就算缺少工具、得花更多工夫，該做的工作還是得完成，反正我也沒有別的事可以做，多的是時間。

十字架（第75頁）
在基督教中被視為超越死亡與地獄苦難的象徵。由長縱木和短橫木交叉組成的形式是一般大眾對十字架的印象，其實在不同的民族或宗教中有各式各樣的表現形式。

日晷（第75頁）
利用太陽東昇西落時，影子會由西邊往東邊移動來確認時間的裝置。刻度盤上的晷針投影能夠指向當下的時刻。

於是，我慢慢改良我的堡壘，讓它住起來更舒適。我原本在堅固的半圓形柵欄內搭起帳蓬生活，後來又在柵欄外側建造了厚達六十公分的土牆，將好幾根木頭橫跨在土牆和帳棚後方的岩壁之間，再鋪上樹枝等等做出屋頂。

先前也提過，我在岩壁挖洞當成倉庫，這次我準備把洞挖得更大。不只要挖得更大，還要鑿出隧道、打造連接外面的出口。

我在變得更寬敞的倉庫裝上好幾層棚架，進帳篷裡的物品整理一番，排列在架上；把釘子釘在岩壁上，用來吊掛物品。這麼一來，我的家變得更整齊了。

接下來，我做了桌子和椅子。畢竟沒有桌椅，吃飯和寫字都很不方便。

十字鎬
挖掘硬土石用的鐵製工具。

我從來沒有做過木工。雖然備齊了所有工具，應該會輕鬆不少，我卻連鋸一塊木板都很吃力。

我先砍倒一棵樹，再用**柴刀**從兩側慢慢削成木板，倉庫的層板就是這樣做出來的。桌椅則是用從船上搬回來的板子加工而成。

倉庫變得寬敞、桌椅也完成了。生活稍微安定下來後，我便寫起日記。只不過，日記也隨著墨水用盡而不得不中斷。

當時所寫的一部分日記，有不少內容我已經提過了，大致如下：

十一月四日——今天早上開始，我確切訂下工作、帶槍外出巡邏、就寢以及玩樂的時間。假如沒有下

柴刀

搬運木材或竹枝前，用來削除枝葉的工具。握柄短，單邊刀刃，刀刃雖厚但厚度不平均。

雨，每天早上就帶槍巡邏兩、三小時，然後工作到十一點左右。

午飯過後，從十二點午睡到兩點，因為中午實在太熱了，睡醒後才繼續工作。

十一月五日——今天帶著狗外出，獵了一頭山貓。山貓毛皮漂亮又柔軟，肉卻很難吃。無論如何，得好好保存毛皮。

十一月十八日——不能沒有鏟子。我在森林裡四處尋找，發現了一種在巴西被稱為「**鐵木**」、非常堅硬的樹木。幾乎把斧頭的刀刃砍壞了，才砍斷一棵。

木材很重，好不容易才搬回家裡，削成鏟子的形狀。成品雖然不好看，但總比沒有好。

十二月十日——我的倉庫，也就是那個洞穴，才正

鐵木

指山毛櫸、櫸樹這類密度高堅硬而重的樹木或木材，其重量可能重到可完全沉入水底，大多做為高品質的燃料或建材。

想著差不多要完成了，天花板和其中一側的牆壁卻忽然崩塌。我差點就遭到活埋，應該是我拓寬的規模太大了。

因為崩塌的緣故，工程又從頭來過。這次我決定豎起粗大的柱子來撐住天花板。

十二月二十七日——我打死一隻山羊。另一隻山羊的腳中彈，動彈不得。我看牠是隻可憐的小羊，便把牠帶回家，用夾板固定牠斷掉的腳。

補充一下，由於我長時間替這頭小羊療傷，後來牠非常親近我。腳傷痊癒後，牠就在柵欄裡住了下來，我飼養山羊的目標就達成了。只要養了山羊，不用出門狩獵也有肉可以吃，還可以節省火藥和子彈。

一月一日——今天也好熱，白天我都在睡覺。傍晚，我走進島中央延伸的山谷，發現那裡有很多山羊。山羊生性膽小，難以接近，只好死心。

一月二日——今天我帶著狗前往山谷，企圖讓狗去攻擊山羊，結果非常失敗。羊群竟朝狗衝了過來，狗非常害怕，完全不敢接近牠們。

染上熱病

從日記可以看出，我非常勤奮的工作。因為生活所需的各種物品，每一樣都得親手製作。

例如蠟燭。要是沒有燈光，天色暗了就只能馬上睡覺，我實在受不了，便做了**油燈**。宰殺山羊時把油保存起來，用黏土做的小盤子盛裝，接著用麻線做成燈蕊，油燈就完成了。雖然亮度不夠，還會閃爍不定，仍然能發揮照明的功用。

有一次，我在翻找東西時發現一個小袋子，裡面裝著穀物，但是被老鼠吃了，只剩下一點點。

我想把小袋子拿來用，於是把裡面的穀物和垃圾一起丟了。過了一個月，地面竟然長出綠色的莖。

不久後，莖上結了穗。

「啊！這是大麥，跟英國的田裡種的一樣！」

我不由得大叫。

（或許是上帝不想讓我在無人島餓死，對我伸出了援手。）

一想到這裡，我就燃起了希望。

到了六月底，大麥結了滿滿的穗。我收割了一些，小心保存，打算之後用來播種、增加種植的面積。一直到四年後，收穫才多得足以製作麵包。

除了大麥，我還發現了稻穗。這也是某次無意間將種子和垃圾一起丟棄的成果。當然，我慎重的割下稻穗保存，打算種植更多作物。

那麼，繼續來看我的日記吧：

油燈（第83頁）

透過添油和棉線芯作用的照明用具。此處使用的油燈和西元前五〇〇〇～四〇〇〇年左右的幾乎相同。

五月一日——早上往海岸一看，發現我搭的那艘船，竟然漂到離岸很近的地方了。之前我必須游泳才能抵達，現在步行就到得了。不過，船體已經破爛不堪，眼看就要瓦解了。我打算盡可能把船的木材搬回來。

六月十五日——到今天為止，我幾乎每天都到船上四處破壞，搬回許多木板和金屬零件。

六月十六日——我前往海岸，發現一隻巨大的**烏龜**。我第一次看到這種生物。後來我才知道，在島的另一側，每天都有好幾百隻烏龜聚集。

六月十七日——我花了一整天烹煮烏龜。牠的肚子裡有六十顆蛋。龜肉很好吃，我第一次吃到這麼美味的肉。

烏龜

此指海龜。海龜體型都偏大，龜卵或肉可食用。

六月十八日——整天都在下雨，感覺有點寒意。

六月十九日——身體感覺不太對勁。

六月二十五日——病情越來越嚴重，不但發燒，頭也很痛。今天我不停發抖，時間長達七小時。

六月二十八日——情況稍微好轉，我在水裡加了蘭姆酒來喝。不進食只會越來越虛弱，我勉強吃了三顆烏龜蛋。

吃過晚飯後，我試著到外面走一走，腳步搖搖晃晃的，實在不妙。我立刻回家，但也睡不著。

我忽然想起巴西人生病時，會用香菸來治療。

從船上搬回來的箱子裡有菸草葉。我顧不了那麼多，總之決定試試看。

我把綠色的菸草葉一點一點放進嘴裡嚼碎，然後吐出來，點燃葉子，吸入煙霧。嗆得我幾乎要喘不過氣了。

夜深時，我喝了浸泡過菸草葉的蘭姆酒。

喝了酒，我立刻睡得不省人事。現在回想起來，仍然不確定睡了多久。到底是睡了一天還是整整兩天？總之，我醒來的時候是下午三點左右。

醒來後感覺舒服多了，不但變得有精神，也恢復食慾了。

又過了一段時間，我的病才完全痊癒。由於這場病，我學到了教訓，就是**雨季**時在外面亂晃，是一件有害健康的事。

雨季

幾乎每天降雨的季節，是熱帶地區常見的氣候特徵之一。幾乎不下雨的季節稱為旱季，這兩個季節的界線非常明確。熱帶性氣候中年降雨量最低的莽原氣候，其雨季會長達的三到七個月左右。

別墅和水果

我在這座島生活已超過十個月了，看來獲救的機率很低。我深信，至今從來沒有人踏上這座島。

（這到底是一座怎樣的島？有什麼動物和植物能食用？我決定深入調查。）下定決心後，七月十五日那天起，我開啟在島上的探險。首先，我決定前往之前搬運物品時，停泊木筏的海灣上游看看。

往上游走了三公里左右，來到一條清澈的小河，河岸是一片草原。有一處高地，上面長了許多菸草。當天，我在那一帶繞了繞就回家了。

隔天，我沿著昨天那條小河往更上游走。走著走著，小河和草原都消失了，樹木越來越茂密，還看到結著水果的樹。

「啊！有哈密瓜！」

滿地都是哈密瓜，我不由得大叫。

「哇啊！好誘人的葡萄！」

眼前還有好多結實累累的葡萄樹，葡萄串讓人垂涎欲滴。

我立刻摘了葡萄來吃。

（對了，我想到一個好主意。把葡萄曬乾，做成好吃的葡萄乾吧，這樣就能長期保存，隨時都有得吃。）

那天，我在這個地方過了一夜。就像我漂流到這座島的時候一樣，在樹上睡了一覺。

隔天早上，我繼續朝山谷深處走了六公里左右，以南北向的山丘為地標，朝正北方前進。

走到深處，忽然來到一個開闊的地方，一旁有清澈的湧泉朝東流去，附近長滿鮮綠的草木，看起來就像個美麗的庭園。

我沿著美麗的山谷往下走了一小段路。

（好美的地方啊，簡直就像某個國王的庭園！對了，這個地方並不屬於任何人，全都是我的，我可以說是這片土地的領主。）

一想到這點，我就開心得不得了。

山谷中有許多**椰子樹**，除此之外，也有橘子樹和檸檬樹，以及和檸檬非常相似的**香水檸檬**。我摘下一顆香水檸檬吃吃看，滿美味的。後來，我把香水檸檬擠出汁，加入水裡，就成為可口的飲料。

「好，把這些水果帶回家吧！畢竟雨季也快到了。」

我自言自語道，準備搬運水果。先將水果集中在一個地方後，便回家一趟。

隔天，我帶了袋子去裝水果。葡萄若裝袋搬運，很

椰子樹

高達二十到二十五公尺，棕櫚科喬木。椰子內的液體、外側的纖維、椰子葉等等能都廣泛應用在生活中。

可能會壓爛，所以我決定將葡萄吊在當地附近的樹枝上曬乾。

回家後，我思考著，

（那個長滿水果的山谷環境比這裡好太多了。乾脆在那裡蓋個安全的住處，搬到那裡去吧？）

我非常猶豫。

（不過，搬到深山裡，就會遠離海岸，就算有船隻靠近這座島，我也無法得知，萬一有人像我一樣漂流到這座島上，我也不會發現。）

想到這裡，我就打消了搬家的念頭，取而代之的是在那裡蓋了一間小屋。當然，這次我也圍了兩道籬笆，大概是伸手勉強搆得到的高度。

這麼一來，除了原有的住處，我還多了一間別墅。

香水檸檬

呈淡黃色，較檸檬大顆，酸味和香氣明顯，除了可以加糖煮來食用之外，也能從果皮和葉子萃取出精油。

我從七月忙到八月初才完工。工程結束時，吊在樹上的葡萄也曬得恰到好處，大大的葡萄串共有兩百串以上。

我正打算把葡萄乾收進倉庫時，就下起雨來了。雨季開始後，幾乎每天都不斷下雨，一直下到十月中旬。有時雨勢太大，我會連續四、五天都窩在洞穴裡不出門。

就這樣，到了九月三十日。

啊，我怎麼忘得了這一天呢？我就是在一年前的這一天漂流到這座無人島。

為了紀念一週年，我斷食一天。

從這時候起，墨水所剩無幾，我只能更珍惜使用，不寫太多不重要的事。

持續兩個月的雨季結束後，進入每天都是豔陽高照的日子。

（看來這座島有明顯的雨季和乾季。）

我這麼想著。

（對了，我保存的大麥和稻子，現在或許可以播種了。）

我趕緊用木製的鍬將地耙過之後，分別撒上大麥和稻穀。

（全部撒完，萬一沒發芽就慘了。謹慎起見，還是留下一些吧！）

事後證明，我的顧慮是對的。播種後，艷陽高照的季節持續了四個月，完全長不出任何東西；一到了雨季，種子卻全都發芽了。

我以為第一次播種失敗了，就把剩下的種子撒在別墅附近的土地上。撒在這裡的種子，不久後就成長茁壯了。

後來，我每年都按時播種，有了經驗，收穫也逐漸增加。在這座島，一年有兩次雨季，可以播種兩次、收割兩次。

之前曾經提過，我曾因淋雨，染上嚴重的熱病。吃過這樣的苦頭，雨季來臨時我都盡可能待在家裡。

（麥和米越來越多，需要盛裝的容器。如果有袋子就好了，沒有的話，只好自己動手做籃子。）

於是，我砍了很多類似柳樹的樹枝，用這些樹枝編成大小不同的籃子。小時候我經常站在家附近的籃子店前面，看店家編籃子看得入迷，現在這段回憶派上用場了。

熱鬧的家族

打從一開始，我就認為無論如何都必須將整座島探索一遍。去過小河上游那個可以眺望大海的地方後，這次我想往下走到海岸那邊看看。

我拿起槍和手斧，準備好充足的糧食，帶著狗出門了。

「好！這次探險或許會花上比較長的時間。若是遇到什麼好獵物，就靠你大展身手囉！」

我對狗這麼說。

穿過我的別墅所在的山谷後，西邊可以看見大海。今天天氣晴朗，遠方還看得見陸地。不知道那是一座小島、還是整片陸地呢？

（不曉得距離有多遠？七十公里？不對、應該有一百公里吧！）

我心想，距離那麼遠，實在沒辦法橫渡過去。

（不過，那或許是美洲大陸。從我們船隻遇難的位置來看，可能是接近西班牙領土的地方，說不定住著可怕的食人族！真是如此，在那裡登陸的下場，搞不好比現在更慘，我應該對目前的遭遇感到慶幸。）

我一邊想著，一邊悠閒的在這一帶走動。

美麗的草原上綻放著許多漂亮的花。這一側比我居住的那一側要舒服多了。

這裡還有很多**鸚鵡**。

（好想抓一隻鸚鵡帶回家養，教牠說話，有了可說話的對象，就能排解獨自生活的寂寞吧。）

我拿棒子好不容易擊落一隻年幼的鸚鵡，把牠帶回家，花了兩、三年的時間，才讓牠學會講話。

鸚鵡

原產於熱帶地區的鸚鵡科大型鳥類。白色羽毛中交雜紅色、黃色、黑色等各種顏色。在樹洞築巢，過著群居生活。因為善於模仿人話，自古以來就常被人類做為寵物飼養。

這次的探險非常有趣，我發現島上有疑似兔子的動物，也有狐狸。

走下海岸後，發現那裡有好多海龜，也讓我十分驚訝。這一年半以來，我只發現過三隻，這裡卻有數也數不盡的海龜。

鳥類也有很多種。我只認得**企鵝**，其餘全都是不知名的鳥。

這一側顯然比較適合居住，但我還是沒有興起搬家的念頭。總覺得第一個家所在的那一側，就像自己出生的故鄉。

回程時，我沿著海岸朝東方走了二十公里左右，在那裡立了一根柱子當作地標。

回家路上，我的狗抓到了一隻小羊。從以前我就很

企鵝
主要分布在南半球，一般認知為生長在南極寒帶地區，但有些品種的棲息地可達赤道附近的中低緯度地區。

想養羊，於是做了項圈套在小羊的脖子上，用繩子拉著牠，把牠關進別墅的籬笆裡。

之後，我回到離開超過一個月的家，睡在久違的吊床上。

「啊，還是自己家最舒服！怎麼樣？你也有同感吧？」

我對著狗說。

狗只是搖著尾巴，沒有回應。

「你不會講話，這也沒辦法。不過，這次我好像找到能夠對話的對象了呢！」

我指的當然是這次的探險之旅抓到的鸚鵡。

我把鸚鵡取名為波爾，花了一星期幫牠做鳥籠。波爾很快就跟我變得親近。

我把注意力都放在鸚鵡波爾身上，這時才掛念起關在別墅籬笆裡的小羊。

（已經過了一星期以上，小羊不曉得要不要緊？我好像做了很殘忍的事。）

我立刻趕去別墅。小羊還活著，早已吃光四周的草，差一點就要餓死。

「對不起、對不起，我馬上拿食物給你。」

我一邊說著，拿了很多樹葉來餵牠。

讓牠吃飽後，我替牠繫上繩子，拉著牠走。小羊非常溫馴，像狗一樣緊跟在我身後。

回到家之後，小羊還是咩咩叫著，跟在我後面，不願離開。

「真是個可愛的小傢伙，你也很寂寞嗎？」

自從小羊來了以後，加上狗和鸚鵡，我家變得熱鬧不少。

過了不久，又到了九月三十日。這是漂流到這座島後，第二次迎接這個紀念日，我就這樣在這座島上生活了兩年。

兩年來，我一次也沒有看過其他船隻，看來已經沒希望獲救了。

（今後，我到底得在這座島上獨自生活多久呢？我一輩子都得像這樣，過著像流放到孤島般的生活嗎？）

一想到這些，我就像小孩一樣，絕望的放聲大哭。

不過，哭完還是要打起精神，繼續工作。

首要任務就是尋找糧食。沒有食物就活不下去，每天我都帶著槍外出狩獵。畢竟，一切生活所需都得靠我自己來打理。

因此，我必須逆來順受、也必須努力工作。為了活下去，我深切體會到這兩點有多麼重要。

和波爾對話

之前提過，我種了大麥和稻子，兩種作物今年都順利成長了，應該會豐收。

然而，卻出現意料之外的敵人，摧毀了珍貴的田地，讓我非常頭痛。

一開始是山羊和兔子跑來吃田裡的作物，牠們頗愛大麥和稻葉，不分晝夜跑來偷吃，簡直讓我防不勝防。

「再這樣下去，所有作物都會被吃光，那我就完蛋了！看來得在田地四周築起圍牆，阻止牠們跑進來。」

我十分氣憤，自言自語道。

我花了三星期蓋籬笆。白天開槍擊退牠們，晚上則把狗綁在籬笆的入口，讓狗看守田地。不枉費我的苦心，偷吃作物的傢伙終於不再出現，作物也結穗了。

（好，現在只剩等著收割的時機到來，接下來只要偶爾來看看作物成熟的狀況就好。）

我這麼想著，過了好幾天後才去巡視田地。不料，才一踏入籬笆，就有幾十、甚至幾百隻，多得數不清的鳥從田裡飛起。

我立刻鳴槍，鳥就像**褐飛蝨**一般，鋪天蓋地的飛走了。

（可惡！這下輪到鳥來偷吃嗎？我費盡苦心種出來的作物，怎可以拱手讓牠們吃掉！）

我氣得火冒三丈。

我巡視稻子和大麥，發現被吃了不少。不過整體而言，受害的情況不算嚴重。

我把子彈填入槍裡，打算離開。附近的樹上停了許

褐飛蝨

半翅目稻蝨科的昆蟲。身長二到五公厘，長得像蟬的黑色小蟲。是一種會影響稻作的害蟲，有時重大蟲害會導致饑荒。

多小偷，看來是在等我走掉。

「好，你們有你們的打算，我也有我的想法。」

我假裝離開，走到籬笆外面後，躲在一旁的樹叢裡。我從樹枝間偷看，發現鳥群又飛回田裡。

「可惡的傢伙，我不會放過你們！」

我躡手躡腳接近籬笆，又開了槍，打下三隻。

「活該！」

我處罰了那三隻鳥。在英國，如果抓到大強盜，就會處以**絞刑**。於是，我用鐵鍊把這些竊賊的脖子綁起來，吊在一旁的樹枝上。

這麼做產生了意想不到的效果。鳥群銷聲匿跡，再也沒有出現過。

幸虧如此，我終於在十二月的尾聲順利收割。沒有

絞刑

自古以來的死刑，是一種能迅速致死的刑罰。在當時的倫敦，叛亂罪的犯人在處以絞刑之後，還會被砍頭，軀體撕裂成四塊。

鐮刀，我就用船上帶回來的刀收割。稻米收成了七十二公升，大麥則有九十公升左右。

（雖然很慶幸能夠豐收，但這些糧食吃光之後一切就結束了，我必須想辦法增加更多收穫才行。）

我一粒也沒有吃，全部保存起來，做為下次播種用的種子。

在那之前，我要做的工作多得有如山高。

下一步，我必須拓寬田地，缺少各種工具，只能舉手投降，所以我得製作翻土用的鍬和鋤頭。

做一樣工具，得耗費一星期。工具都是用木頭做的，不但外型難看，也重得不得了。

接著，我盡可能選離家近的土地耕種。上次作物被山羊和兔子偷吃，我記取教訓，用籬笆把田地圍起來。我砍下附近的樹，像木樁那樣打進土裡，就能長出根和枝葉。預計一年後，就能長成茂密的**矮樹籬**。

不久，雨季來臨，沒辦法外出，只好做些在家裡能做的事。

我一邊跟鸚鵡波爾說話一邊工作，這是個不錯的解悶方法。

「波爾，家裡缺了好多東西，真傷腦筋啊！沒有石臼磨大麥，沒有篩子篩粉，更沒有窯可烤麵包。不過，我會設法做做看。」

波爾詫異的歪著頭，注視著我。

「波爾，我想要很多壺，還想要鍋子。有鍋子就可以煮湯了。」

就像這樣，由於我說話時總是用「波爾」開頭，牠第一個記住的就是自己的名字。

「波爾，等雨停了，我就要去找黏土。」

矮樹籬（第103頁）

種植排狀的樹木或攀緣植物作為籬笆。大多使用常綠樹。

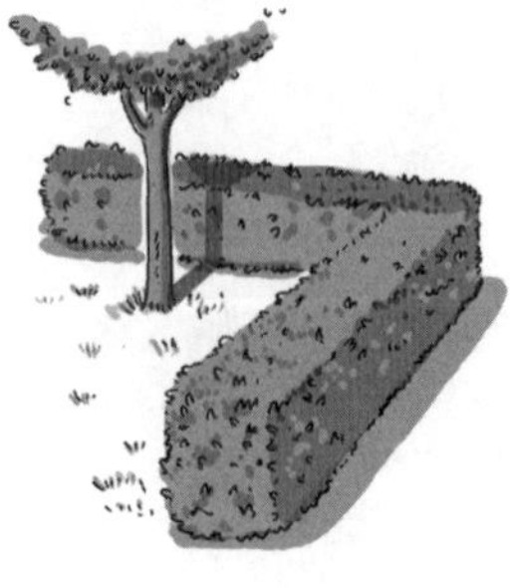

「波爾。」

牠回我話了！我開心得不得了。這是我來到這座島後，第一次聽到人類的語言，雖然是由其他動物說出。

如同我對波爾說的，我需要很大的壺來保存大麥磨成的麵粉。

雨停後，我到處亂晃，尋找黏土，好不容易才找到。我把黏土運回家，反覆攪拌、搓揉，做成壺的形狀，成品醜得連我自己都覺得好笑。我把壺放在日光下曝曬，直到變乾變硬為止。

花了兩個月，終於有兩個壺看起來比較像樣，我把那兩個壺收進籃子裡。

除此之外，我還做了盤子和砂鍋。砂鍋的硬度很夠，感覺放在火上燒也不會破，於是我用它來煮肉。

當我完成菜餚，打算把火熄滅時，發現做失敗的盤子碎片，在火裡被燒得像石頭那麼硬。

（我懂了。經過火燒，可以燒出像瓷磚的東西啊！）

這個發現讓我如獲至寶，馬上把三個大砂鍋和壺疊在一起，以木柴圍起來試燒。

我不時留意火勢，燒了五、六個小時，接著慢慢讓火轉弱。當天晚上，我徹夜未眠的看著火。

隔天早上，我等火徹底冷卻後，把砂鍋拿出來。混在黏土裡的砂早已徹底涼透，變得像石頭一樣硬。

「完成了！波爾！我終於成功了！這樣子就能煮湯，甚至能做出任何菜餚了！」

我立刻宰了羔羊來煮湯。

砂鍋的形狀雖難看，但非常實用。

接著，我著手製作石磨。首先，我到處尋找適合的石頭，可是這裡的石頭很脆弱，很容易就碎了。

於是，我放棄用石頭做，決定使用堅硬的木材。我

獨木舟

透過划動船槳前進的簡易小船。可以用樹皮、獸皮、蘆葦、原木等材料製作。

採用巴西原住民製作**獨木舟**的方法，將圓形的木材，鑿成**臼**的形狀。木臼完成後，我用更堅硬的木材做了**杵**。

接著要做篩子，這令我傷透了腦筋。假如有織得比較稀疏、足以用來篩粉的布，做起來就簡單多了，我卻偏偏沒有適合的布料。

不過，我忽然想起，我有幾條水手布領巾，於是拿來做了三個小型的篩子。

最後，我甚至蓋了烤麵包用的窯。這耗費了許多心血，首先將黏土燒製成磚塊，再蓋成直徑六十公分左右的窯。雖然沒有**酵母**，我還是克難的烤出了麵包。

忙碌之中，眼看就要過完第三年了。大麥和稻子的收成也越來越理想，讓我得到足夠吃一年也吃不完的儲備糧食。

臼與杵

臼是把巨木橫切樹幹或巨石的中心挖空成碗狀的工具。杵是與臼搭配使用的粗棒，從羅馬時代就使用至今的器具。將穀物放入臼中，再用杵搗碎。

酵母

製作麵包時所需的酵母菌。在麵粉中放入酵母與水攪拌成麵糰，充分發酵後拿去烤，便能烤出Q彈蓬鬆的麵包。

費盡心血的獨木舟

之前我曾提過，某次前往島的另一側時，看見遙遠的海面上疑似有陸地。我不時想著那片陸地。

（假如能橫渡到那片陸地上，說不定會得救，得以脫離無人島上的生活。）

一想到這裡，我就忍不住思考各種可能的方法。

那片陸地上或許住著可怕的部落，說不定還有食人族，要是貿然接近，一定會被抓起來殺掉。

然而，我一點也不在意。事後回想，當時的我真的非常衝動，滿腦子只想著要前往那片陸地。

（唉，要是朱利也在就好了。如果有那艘我和朱利一起逃離非洲的大船，那就沒問題了。）

事到如今，再怎麼感嘆也無濟於事。

我想起當初那艘遇難的船。船被沖上沙灘後還擱淺在原地。我到了現場，發現整艘船翻了過來，船身有一半以上都埋在沙子裡。

（把這艘船拉出來，修理後應該能派上用場。好！就先挖挖看吧！）

我立刻拿來工具，挖掘四周的沙子。花了三、四個星期，終於挖出一個洞。我用圓木抵住船身，試圖將船頂起來。

不過，船一動也不動。看來根本不可能把船推回海邊，我終於死心了。

「對了，我有一個好主意。學原住民製作獨木舟，這樣一定可行！」

我不由得自言自語，充滿幹勁。

當時我沒有料到，造獨木舟是多麼辛苦的工作。假如有幾個人手，應該輕易就能完成，只有一個人的話，根本不可能。

首先，得砍下比人的身高高出好幾倍的樹，將內側挖空做成獨木舟。就算完成了，又該怎麼做，才能獨力把這艘船運到海邊呢？

一個人根本搬不動這個龐然大物，我卻完全不去考慮這件事。

（反正船到橋頭自然直，總會有辦法！總之得先做出獨木舟才行。）

我滿腦子只有這個念頭，找到了巨大的杉樹，馬上就動手砍樹。

杉樹根部的直徑超過一點七公尺，即使是從根部往上七公尺高的樹幹，直徑也將近有一點五公尺。

我花了二十天才把這棵杉樹從根部砍斷，砍除樹枝花了十四天、將木頭刨成船的形狀則花了一個月。

把內側挖空，完成一艘真正的獨木舟，整整花了三個月。

「這船真是太完美了！」

我非常佩服自己，也很高興。

「至少能坐二十六個人吧？就算把東西全部搬上船也沒問題。嗯，放心吧！我一定會讓你上船！」

狗對著自言自語的我吠叫，於是我對牠這麼說，牠也開心的搖尾巴。

「那麼，接下來就是把這艘船運到海邊了。」

這裡距離海邊約有一百公尺。不過，往海灣的方向地勢比較高。

無可奈何之下，我只好動手劏地面，讓地面更平整。這也是一件相當累人的工程。好不容易把地面弄平了，獨木舟卻一動也不動。

「好！既然動不了，那我就挖掘**運河**，把水引到船所在的地方。」

不過，開挖後我才明白，單憑一個人的力量，恐怕得花上十年的歲月。

我終於死心了。

運河

為了讓船隻通行，人工開鑿的水路。有連結海域或延伸港口等等為了不同用途建造的運河。世界知名的運河有蘇伊士運河、巴拿馬運河等。十八世紀的英國，以工業大城伯明罕為中心，連接泰晤士河和各港口的運河網非常發達。

（唉，虧我辛苦了這麼久，到頭來卻只是白忙一場啊！）

我頓時變得很悲觀。

在我白費力氣的期間，無人島上的第四年生活也結束了，我默默渡過了登陸紀念日。

仔細想想，我也變了許多。過去的我，為了成為水手，想親眼見識這個廣大的世界，不惜瞞著父母離家出走，結果呢？現在的我彷彿遭這個廣大的世界遺棄，落得獨自在無人島生活的下場。

在這座島上，連貪心也無用武之地，就算抓到多得吃不完的獵物，又有什麼意義？

之前我也記下，我從那艘遇難的船上搬了很多金幣、銀幣回來，可是現在就算有堆積如山的錢，也完全派不上用場。

「唉，波爾，比起一整箱的金幣，豌豆和四季豆更讓我滿足呢。」

我對波爾抱怨道，牠竟然活力充沛、高興的大聲叫著：

「波爾！波爾！波爾！」

「我沒有騙你，波爾。裝滿抽屜的鑽石和一瓶墨水，如果問我想要哪個，我會毫不猶豫的選墨水。」

確實如此。墨水早就所剩不多，我捨不得用，總是加水稀釋再稀釋。因此，墨色越來越淡，寫出來的字也幾乎看不清楚。

回頭翻閱自己寫的內容，我發現一件奇妙的事。改變我命運的大事，總是發生在同一天。我把這些事件整理如下：

一、我離家出走、逃到赫爾的日子，和被塞拉的海盜抓走，成為奴隸的日子同一天。

二、在大雅茅斯港遇到暴風雨、幸運獲救的日

豌豆

子，和開著大船逃離海盜的日子也是同一天。

三、我的生日是九月三十日。二十六年後的九月三十日，我漂流到這座無人島。

假如我是個迷信、會在意好日子和壞日子的人，一定會覺得這些事件也巧合到不可思議了吧！

我的衣服也越來越破爛了。不過，我從船上搬回的物品中找到三打襯衫，這些襯衫幫了我很大的忙。

除此之外，也有大件的外套，可是太厚了，根本穿不住。

總之，這裡是個氣候十分炎熱的地方，不必擔心衣服不夠保暖。

話雖如此，我還是不想光著身子。何況光著身子在強烈的日光下活動，還會曬出水泡，穿著襯衫反而比較涼快。

這座島說有多熱就有多熱。走在炙熱的陽光下，一旦不小心忘了戴帽子，要不了多久就會頭痛。

我用動物的毛皮做了一頂大帽子。為了擋雨，刻意把有毛的那一面朝外。帽子的效果很不錯，於是也做了衣服。我做了上衣和短褲，為了通風，特意做得很寬鬆。不過，這副打扮真的很醜，簡直慘不忍睹。看來我不但不擅長木工，縫紉的手藝更糟糕。雖然不好看，但是多虧了這套毛皮裝，讓我下雨天外出時也不會淋濕。

做雨傘更是費了我一番工夫。傘可以擋雨，還能遮陽，我無論如何都想要一把。我同樣使用毛皮製作，絞盡腦汁才使傘布能夠摺疊。

即使過程辛苦，我還是勉強做出一把像傘的東西，用不到時就摺起來隨身攜帶，非常方便。

可怕的潮水流向

無論如何，我都想要一艘船。之前我打造過一艘無比巨大的獨木舟，最後卻因不能下海而宣告失敗，所以這次我決定深思熟慮後再動工。

有一天，我找到了非常合適的木材。

（橫渡六、七十公里前往那片陸地的計畫，還是放棄吧！這次改做一艘小型獨木舟，可以環島一周就好了。）

我如此盤算著，砍下那棵樹，著手製作獨木舟。這次我挖了八百公尺左右的運河，引入海灣的水。

我花了近兩年的時間才完成。完成時的喜悅，讓我簡直就像要飛上天了。

（這麼一來，我終於擁有一艘船了！過去我只能靠雙腳探索這座島，今後我可以駕駛這艘船，沿著島的四周探險！）

我立刻在船上立起桅杆，使用從遇難的船上帶回來的帆布製作船帆。

掛上船帆後，我試著讓船在海上航行。

「很好、很好！跑得很快呢！太棒了！」

睽違好幾年再度出海，實在讓我愉快得不得了。

「好！看樣子，即使要環島一周也沒問題。不過，途中不知道會遭遇什麼狀況，一定要做好萬全的準備喔！魯賓遜。」

「嗯，我知道。畢竟我也在這座島經歷過很多難關，不會再莽撞行事了。」

我自問自答，彷彿有人在和我對話似的。除了跟鸚鵡波爾說話，自問自答已經變成了我的一種習慣。

首先，我把箱子固定在船的兩端，也把糧食和彈藥裝進箱子，免得被雨或海浪濺濕。

此外，我也在船的內側挖了用來放槍的細長凹槽，還在船尾立起傘來遮擋日曬。

我前往海灣附近，進行幾次小規模的航海，算是小試身手。

「好了，明天就要展開環島一周之旅，不知道要花上幾天的時間，得準備足夠的糧食。」

我準備了兩打麵包、一個裝滿炒米的壺、一小瓶蘭姆酒、半頭山羊肉。除此之外，還把槍、彈藥和水手外套帶上船，外套在晚上睡覺時可以禦寒。

終於要出發了。

這一天，是我來到這座島第六年的十一月六日。

來到島的東側，我看見突出的岩壁延伸至海中，綿沿九公里以上，盡頭是延續兩公里左右的沙洲。必須將船划到很遠的海面，才能繞過那裡繼續往前。

（離陸地太遠，感覺很危險。總之，先爬上那座山丘，觀察一下情況吧。）

我放下船錨，免得船被沖走，接著一手拿著槍，爬上山丘。

「哇！太可怕了，差點就完蛋了。」

我不由得頭皮發麻。

湍急的海流從緊臨海峽的地方不斷往東流去。假如在不知情之下把船划到那裡，說不定會被沖到很遠的地方，再也無法回到島上。

（如果沒有先觀察風向，再巧妙的順著那個海流，一定會沒命的！在這陣風停下來之前，先在這裡住一陣子吧！）

我在這裡待了兩天。

第三天早上，颳個不停的風停了，海面也變得平靜許多。

我再次啟程。然而，一離開海岸，我就發現海水突然變深許多。一轉眼，船就被捲入海流，越沖越遠。

我拚命划槳，可是無論我怎麼用力划都沒用；此時一點風也沒有，即使揚起帆也幫不了忙。

我離無人島越來越遠，發現海水從島的兩側往前流，在好幾公里外匯集。

（啊，看來沒救了。有沒有什麼辦法，能讓我從海流中脫身？）

我朝著逐漸遠去的島大聲喊道：

「島啊！請不要遺棄我！我到底會被沖到多遠的地方？啊，我真是愚蠢至極！早知道就不要出海，乖乖待在島上！」

我使出全力划槳，想辦法讓獨木舟朝向北方。

到了中午，稍微起風了，將船從遠洋吹向北方。我重新打起精神，立刻再次揚起船帆。

我完全看不到島，可見船被沖得很遠。風越來越強了。

獨木舟順風快速前進。不久，終於看見打上岩石後飛濺開來、在陽光照射下閃閃發亮的海浪。

「風啊！請繼續吹！」

我祈禱著。

我察覺船正朝著島的北側，也就是跟我出海的地方完全相反的那一側航行。

海潮的流速突然減弱了。獨木舟正好駛入來自無人島兩側的海流之間。

風越來越強。幸虧如此，我好不容易在傍晚抵達了海岸。上岸後，我跪在沙灘上感謝上帝。

「上帝啊，感謝祢。從今以後，我再也不會有搭獨木舟離開這座島的荒唐想法。」

將獨木舟拉上沙灘後，我忽然感到精疲力盡，就這樣躺在沙灘上，下一刻就進入了夢鄉。

隔天早上醒來時，我已經沒有勇氣駕船，也沒有力氣探險了。

（我好想趕快回家休息。不過，這是我費盡心血才完成的獨木舟，還是把它藏在安全的地方吧！）

我沿著海岸走，碰到一個類似小海灣的地方，且越往深處越狹窄，盡頭有小河在此注入。

「這是停放獨木舟的絕佳地點，簡直就像小型的**船塢**！」

我立刻把船停進那裡，拿起船上的槍和傘，到附近巡視一番。不久我就發現，這個海岸離我上回來過的地點很近。

接近傍晚時，總算抵達別墅，我翻過籬笆，一走到樹蔭下便沉沉睡去。

「魯賓、魯賓、魯賓遜．克魯索，可憐的魯賓遜．克魯索。」

忽然，不斷呼喚自己名字的聲音叫醒了我，那感覺像是睡迷糊了，又像在做夢。

「魯賓、魯賓、魯賓遜．克魯索，你在哪裡？到底在哪裡？」

那聲音的確是在呼喚我，我驚訝的跳了起來。

定睛一看，原來是鸚鵡波爾停在籬笆上，說著我平常教牠說的話。

「真是的，波爾，原來是你啊！過來我這邊吧。」

船塢

塢，音ㄨˋ。為在海岸邊的人工建築設施，做為停泊、修造船隻之用。

我一叫，波爾立刻飛來停在我的大拇指上，像是撒嬌似的，把喙推到我面前。
「好神奇喔！你為什麼會來這裡？是來接我嗎？」
總覺得好像很久沒有見到波爾了，見到牠實在很高興，馬上帶著牠回家了。

乘坐獨木舟出海，吃足苦頭後，有將近一年，我都沒有再外出。

我已經知道島的東側有波濤洶湧的海流，那麼，西側那邊又是如何呢？如果西側同樣也有海流，就不能輕易出海。話說回來，我費盡心血製作的獨木舟，有沒有辦法運到島的這一側來呢？

（不過，與其冒那麼大的危險，不如享受島上安寧又和平的生活，這樣比較幸福。）

想到這裡，我決定放棄獨木舟，勤奮工作，畢竟有許多事得做。我的木工技術進步了不少，製作陶器的功力也更上一層樓。

做出菸斗讓我十分得意，我自認做得很完美。抽菸是我的嗜好，島上也有許多野生菸草。因此，能順利做出陶製的菸斗，真的讓我好開心。

而我編籃子的技術也進步了。我需要很多籃子來盛裝、搬運各種物品。

無人島生活邁入第十一年時，火藥和子彈都剩不多了。

（等火藥全部用光了該怎麼辦呢？不對，我必須想辦法盡量不使用火藥。）

很久以前，我曾經把小羊抓回家飼養，那隻小羊也衰老死去了。

（設下圈套活捉山羊、增加羊隻的數量，應該是最好的方法。）

我這麼想著，隨即著手製作能絆住羊腳的陷阱。

之前我曾說過，山羊生性謹慎，而且比我想得還要聰明。牠們會吃光誘餌，卻不落入陷阱。

於是，這次我決定挖洞，在上方覆蓋樹枝和葉子。

某天早上，有一隻公羊和三隻小羊掉進洞裡。公羊很老了，在洞裡拚命掙扎。

我想活捉牠，但不知道該怎麼做，無可奈何之下，還是放牠走了。

三隻小羊則是繫上繩子，牽回家飼養。養著養著，牠們也變得越來越親人。

「像牧場一樣在家附近養羊，這樣一來，隨時都可以吃到羊肉了。乖、乖，我會把你們養在寬敞的籬笆裡，替你們增加同伴。」

我立刻動身尋找適合的土地。必須找到有草吃，還有水源和涼快樹蔭的地方，才能飼養山羊。

我找到了合適的地方。那是一片寬闊的草原，有潺潺小河流經，盡頭還有茂密的森林。

我在那裡用籬笆圍起一塊長一百四十公尺，寬九十公尺的土地，花了我三個月才完成。

籬笆完成後，我馬上把親人的三隻小羊趕進裡面。小羊看見我走進籬笆，高興的靠了過來。

之後的一年半，牧場的羊增加為十二隻；又過了兩年，增加到四十三隻。

這麼一來，不需要開槍也能隨時吃到羊肉。不只有羊肉，還有羊奶可以喝，甚至能利用羊奶來做奶油和起司。

現在，我的餐桌上擺滿了營養、豐盛的菜餚。我起先以為會在這座無人島餓死，現在能有這麼多食物，都要感謝上帝的恩賜。

我就像個國王，坐在餐桌的主位，周圍有我的家人。除了我的說話對象──鸚鵡波爾，上了年紀的狗也總是坐在我身邊。此外，還有兩隻貓。

這兩隻貓並不是從船上帶回來的貓，而是牠們的孩子。從船上帶來的貓，早就年老死去了。

我坐在餐桌旁，有家人圍在我身邊，牠們與其說是家人，其實更像家僕。有這群特別的家僕服侍我，我就像個無人島之王，威風凜凜的坐在椅子上。

如果有人看到這副景象，應該會覺得很奇怪吧？

「波爾，只有你會說人話，可惜還是沒辦法成為真正的交談對象，要是能有個人陪在身邊，我就心滿意足了。」

我不禁這麼說。

之前我也提過，我打造的第二艘獨木舟，就那樣被棄置在島的另一側。

（有沒有什麼方法，能把船運過來這邊呢？）

雖然這樣想著，但我不想再遭遇那種危險了。不過，我真的很在意，於是豁出去，決定外出。

當時我的打扮非常奇怪。頭上戴著山羊皮做的帽子，穿著同樣是山羊皮做的上衣，下半身則是及膝的短褲。

雙腳則是用山羊皮包住，再用繩子綁緊而已。腰上繫著山羊皮帶，左右兩側掛著小型的鋸子和手斧。

掛在肩上的皮帶，吊著兩個袋子，一個裝著火藥，另一個則裝著子彈。

我背著籃子、扛起槍，同時撐起山羊皮做的傘。至於鬍子，雖然有很多剪刀和刮鬍刀，我還是覺得留長比較好看。

我以這身打扮沿著海岸前進，爬上可以觀察海流的山丘。

然而出乎意料的，我沒看見洶湧的海流，只見大海風平浪靜，一片祥和。

（太奇怪了，完成獨木舟時，明明有非常洶湧的海流啊！也許是受潮汐影響。）

想到這一點，我決定暫時留在這裡觀察情況。結果發現，原來是退潮從西方流過來，和從島上流入海的大河匯集在一起，才會形成那麼洶湧的海流。

（既然和潮汐有關，只要算準不會形成海流的時候，應該就可以把獨木舟運回去了吧。）

雖然這樣想著，回想起當時遭遇的危險，我還是會怕得發抖。

（不對，還是算了吧！我再也不想遭遇那麼危險的情況。那艘獨木舟還是留在那邊吧！不如再造一艘獨木舟，放在島這一側就行了。）

最後，我如此決定，結束了五、六天的旅行，踏上歸途。

令人毛骨悚然的腳印

現在我不缺衣物、不缺食物，住得也很舒適，生活上沒有太大不便。

圍住我家前方的高大柵欄，像城牆一樣堅固。我打下許多木樁、建造柵欄，木樁在土壤裡生根、長出枝葉，如今已經長成茂密的大樹。多虧了這些樹，從外面根本無法想像柵欄內住著人。

我家後方的洞穴也往深處開拓，現在甚至隔出了好幾個房間。這些房間就是我的倉庫，儲藏著許多穀物。

另外，我也經常整理別墅。四周的籬笆，現在已經長成大樹，形成涼爽的樹蔭。我在中間搭起帳篷，做了類似床墊的東西，安置在帳篷底下。

別墅附近有我提過的山羊牧場。牧場的籬笆也長出茂密的枝葉，連貓都鑽不過去。我還在這片土地上種了很多葡萄，將葡萄曬成葡萄乾，為冬天做準備。葡萄的營養價值非常高，是很珍貴的食糧。

總之，只要能讓生活過得更舒適便利，要我做任何事我都不覺得辛苦。

偶爾，我會到島的另一側看看放在那裡的獨木舟。有時也會出海解悶，但只在海岸附近繞一繞而已。

某天的中午時分，我正前往獨木舟停放的地點，卻嚇得幾乎全身癱軟。因為我發現沙灘上竟然有人類光腳踩下的腳印！

錯不了，那的確是人類的腳印。我像看到鬼一樣，愣在原地、臉色發白。

我環視四周，豎起耳朵聆聽，但什麼都沒看到，也沒聽到任何可疑的聲音。爬到地勢較高的地方眺望遠方，仍然什麼也沒看到。

「魯賓遜，先冷靜下來，不要慌張！」

我斥責自己。

我再度走回有腳印的地方。無論怎麼看，這都是人類的腳印沒錯。

為什麼會有人的腳印？我怎麼想也想不通。我陷入恐慌，魂飛魄散的逃回家。

當天晚上，由於太過恐懼、擔心，我根本睡不著。

（島上不可能有人類，為什麼那裡會有腳印？會不會是惡魔搞的鬼？）

我甚至異想天開。

（惡魔是為了嚇唬我嗎？不對，太愚蠢了。怎麼可能有惡魔？但如果不是惡魔，那到底是什麼？）

我絞盡腦汁思考著。

「對了，我明白了！那是另一座島的人類！」

我不由得大叫。

（那個人一定來自對面那片陸地，可能是搭獨木舟來的，也可能一度被風勢帶來這裡，又離開了。）

想到這裡，我非常慶幸來到無人島的人沒有發現我的存在。不過，下一秒又陷入不安。

（對方會不會已經發現了那艘獨木舟？於是認為島上有人、成群結隊的來尋找？）

我越來越害怕。

（就算找不到我，也可能找到我的山羊牧場。或許會發現麥田和稻田，把所有東西都搶走。）

一旦擔心起來就沒完沒了，滿腦子都是不好的事，我簡直快瘋了。

（承蒙上帝恩賜，我才能平安活到現在，可現在不又被上帝遺棄了嗎？）

我甚至憎恨起上帝。

（假如對方搶走我的麥和稻子，之後我該怎麼辦？早知道會這樣，我應該多儲存兩年份甚至是三年份的糧食才對。）

我花了好幾小時想著這些事。不只幾小時，我沒有踏出家門一步，思考了整整三天。

不久後，我忽然想到，那該不會是我自己的腳印吧？

（說不定是我下獨木舟時留下的腳印。）

想到這裡，我沮喪了起來，覺得嚇得半死的自己很可笑。

（有些傻瓜明明自己先講起鬼故事，說著說著，卻變成最害怕的一個。現在的我，像極了這種傻瓜。）

我覺得自己很可笑。

我終於鼓起勇氣，戰戰兢兢走出戶外面，因為我關在家裡三天沒出門，不但糧食快吃光了，也還得去擠羊奶。

前往山羊牧場的路上，我不斷留意四周，只要發現任何一點可疑之處，就立刻逃回我的要塞。

像這樣，我小心翼翼在外面巡視了兩、三天，並沒有發現任何可疑之處。於是，我想再次確認那個腳印，立刻動身前往海岸。

腳印沒有消失，依然留在原地。我比對自己的腳和腳印，發覺那腳印比我的腳大上許多。

我立刻感到頭暈目眩，眼前一片黑暗，身體不斷發抖。

「果然有人登陸了這個海岸，我原以為這座島是無人島，其實有人，不知道什麼時候會遭到攻擊！」

我趕緊回家，一路像發燒而神智不清似的喃喃自語。

我打從心底感到恐懼，每走兩、三步就回頭看。遠處的樹叢和樹被砍倒後留下的殘幹，看起來就像人影，嚇得我雙腿發軟。

「對了，破壞牧場的籬笆，把山羊放走吧！麥田和稻田也要全部挖掉，要是知道這裡有山羊和穀物，那些人一定會蜂擁而至。」

到家後，由於太過恐懼，我想了很多事。

（架設在別墅的帳篷和床墊也得破壞才行。雖然不知道是怎樣的敵人，可是他們一旦知道島上有人，一定會到處尋找，想把我抓起來。）

當天晚上，我因為亢奮而失眠，直到黎明才沉沉睡去。

悽慘的景象

多虧疲憊讓我熟睡，當我醒來時，心情也平靜多了。

（好好再思考一遍吧！冷靜想想，一定能想到什麼好主意。）

「魯賓遜．克魯索、魯賓遜．克魯索，你到哪裡去了？」

鸚鵡波爾說話了。

「我哪裡也不會去，波爾，你聽聽我的想法吧。」

我把波爾當成諮詢對象。

「我來到這座島，已經十五年，期間從未見過任何人影。我認為這裡是大海中的孤島，但是假如可以搭獨木舟橫渡，從那片隱約可見的陸地來到這裡，距離應該不遠。」

「可是為什麼這十五年來，從沒有人來過呢？」

我自問。

「很可能是被風吹來，也或許有什麼目的才來到這裡。不過，不打算在這裡居住，等風向變了，又馬上逃了回去。」

「我到底該怎麼辦才好？這腳印的主人或許還會再來。」

「你蓋了這個家，不就是要作為一個要塞嗎？盡可能把前面那兩層柵欄蓋得再堅固一點吧！」

我立刻動工，在半圓形的高大柵欄外側，又蓋了一層相同的柵欄。雖說是柵欄，我像蓋城牆那樣，加設了很多木材和錨繩，打造出一道厚實的牆。

我在那道牆上的七個地方，鑽了足以讓我手臂進出的洞，再把從遇難的船上搬回來的七把槍，架在那七個洞上。若是敵人來了，就能在兩分鐘內不斷發射子彈。

完成這個工程後，我在牆外的地上，密密麻麻種了兩萬棵左右的樹。

我忙著這些工程，又過了兩年。兩萬棵樹長出了茂密的葉子，再過五、六年，就會成為一片深不可測的詭異森林。

任誰做夢也不會想到，這片森林深處竟然有人類的住家。

進出城牆則和以前一樣，靠梯子爬上爬下。進入內側並卸下梯子後，人就無法自力爬上爬下。要是逞強跳下來，一定會摔斷腿骨或受傷。

（如此小心防備，應該安全了。）

我安心了不少。

我一邊忙著工程，也處理了山羊的問題。

我想過要把所有山羊放走，最後還是打消了念頭。畢竟也是我在牧場飼養山羊，才能隨時吃到羊肉、喝到羊奶。

假如恢復成從前那樣，必須靠槍才能獵捕山羊，一定會很辛苦。再說，開槍恐怕會讓敵方察覺我的存在。

（盡可能把山羊趕到不會被發現的地方吧！不要集中在一處，最好分兩、三個地方飼養，這樣比較安全。）

想清楚後，我花了很長一段時間在島上四處尋找，總算在山谷中央找到一塊合適的土地。那是一塊大約一公頃的空地，四周被茂密的森林包圍。

「這裡簡直就像天然的牧場！要蓋柵欄還可以就地取材，不用花太多力氣。」

我太開心了，不禁自言自語道。

我立刻動手建造柵欄。不到一個月，我就做了圓形柵欄把整個牧場圍起來了。總之，我先把十頭母羊和兩頭公羊遷移到這裡，再加強周圍的柵欄，使它更堅固。

不論是建造我家的新城牆，或是打造新的山羊牧場，都是艱辛的工程。花了漫長的時間和這麼多力氣，一切都是因為我看見了人類的腳印。

在這件事發生之前，生活中也有許多辛苦的事，卻不像現在這麼令人提心吊膽，我甚至還能以無人島之王自居，過著悠閒又平靜的生活。

現在呢？隨時都擔心不知何時會有島外的人前來攻擊。假如來的是可怕的食人族，我很可能會喪命。

因為恐懼，晚上無法安眠的日子也增加了。我每天都很擔憂，心情無法像過去那樣悠哉。

如此兩年過去，我所擔心的事終於成真了。我碰到了比腳印更恐怖更令人毛骨悚然的事。

某天，我來到未曾造訪的西側盡頭，不經意的望著大海，忽然看見有一艘小船，浮在遠方的大海上。

（是船嗎？還是獨木舟？不對，也可能是別的。）

我心跳加速，努力注視遠方，想看個清楚。

（還是看不清楚，早知道把望遠鏡帶來，就能辨別那是什麼了。）

從遇難的船上搬回來的箱子裡，有一、兩副望遠鏡，偏偏我沒有隨身攜帶。我拚命凝視遠方，看得眼珠都快掉出來了，還是看不出來那是什麼，只好放棄。我走下山丘時，海面上已經看不見任何東西了。

有了這次教訓，後來我外出時，一定會隨身攜帶望遠鏡。

（假如我看到的是獨木舟，對方很可能是利用那種小船不時來到無人島。不過，來此的目的是什麼呢？）

我一邊想著這些事，一邊走下山丘，來到無人島的西南方海岸。

走到沙灘時，我雙腿發軟，像是被釘子釘住一樣動彈不得，因為我親眼目睹了無比悽慘的景象。

沙灘上到處都是人類的斷手殘肢和頭顱。有火堆的痕跡，也看得出曾有好幾人圍成圓圈坐著。

任誰都看得出來，是可怕的食人族坐在那裡烤人肉來吃。

（好殘忍的傢伙！竟是人吃人，太可怕了！）

眼前這副駭人的景象，讓我忘記自己的安危，在原地呆站了好一陣子。不久，我感到噁心想吐，幾乎要昏厥。

我慌張的轉過頭，同時也把胃裡的東西全吐了出來。吐完後，我拔腿衝上山丘，頭也不回的跑回家。

回到在城牆裡的家，我才終於鬆了一口氣，只要待在這裡就安全了。

（這樣就真相大白了，他們來這座島的目的並不是來找東西的。）

食人族之間起了衝突，獲勝的那一方把俘虜帶到海岸，殺了他們然後吃掉。

很久以前我曾經聽說過，有些部落的確有這種可怕的習性。

我來到這座島已經十八年了。這十八年來，他們從未發現我的存在；將來的十八年，也很可能不會發現。

總之，我決定今後不要貿然外出，只來往於要塞的家、有很多葡萄樹的別墅、藏在森林裡的山羊牧場這三個地點之間，安分守己的生活著。

就這樣，將近兩年的時光，我都懷著沉重、陰鬱的心渡過。

然而，隨著時間流逝，我沒再遇見任何可疑的事，便逐漸放下心來。

（不過還是不能疏忽，他們很可能在我不知情的時候登陸。）

因此，我外出時一定會留意四周的情況，盡可能不要開槍，這兩年來我的確也沒開過槍。

但我總是隨身攜帶槍枝。除了手上的長槍，山羊皮腰帶上還插著兩把手槍。雖然如此，我還是感到不安，所以腰間還掛著一把水手用的寬刃短刀。

若有人看到我如此小題大作、全副武裝的模樣，不知道會怎麼想？

（或許會認為我很膽小，覺得我很滑稽吧。這都是因為你們沒有待過無人島，也不明白食人族有多可怕。）

每當我回想起沙灘上恐怖的景象，就覺得食人族就像魔鬼、惡魔一樣。

「人類竟然吃自己的同類，簡直不敢相信，我沒辦法原諒那種人！」

我獨自怒火中燒，思考有沒有什麼方法可以幹掉他們。

（好想趁他們圍著火堆，開著殘酷的宴會時闖進去，把他們全都殺光。可以的話，還要拯救可憐的俘虜。）

該怎麼做才能萬無一失呢？我試著擬定各種計畫。

「對方可能有二十、三十人，身上說不定帶著長槍。不只長槍，想必也有毒箭，而我只有一個人，假如想不出完美的作戰方式，可能會反被殺來吃。」

「這種作戰方式如何？預先在他們生火的地點附近挖洞，埋下兩、三公斤的火藥。火藥因為火堆的熱能引燃而爆炸，把坐在附近的所有傢伙都炸飛，這方式可以一口氣把他們都殺光。」

「那也要一切都很剛好才行。假如他們還沒靠近火堆，火藥就爆炸了，又會怎樣呢？」

「就算沒被炸到應該會受到驚嚇，再也不敢到島上來了吧。」

「如果順利也就算了，但無法保證這招絕對會成功，再說火藥所剩不多，一口氣用完，今後該怎麼辦呢？」

我就這樣一邊在心裡自問自答，一邊模擬作戰。埋設火藥的方法似乎不夠明智，於是我放棄了。

「那麼，還有什麼方法？一定要有把握能打敗敵人才行。」

「帶著三把槍，躲在敵人看不見的地方埋伏，等敵人聚集時朝他們開槍，一下可以殺死兩、三個人。子彈用盡後，就拿手槍和短刀攻擊他們。假設敵人有二十個人左右，應該可以趕盡殺絕。」

我幻想成為勇猛的英雄，腦中浮現自己和敵人打鬥的模樣，讓我鼓起了勇氣，沉浸於這個計畫中。

有兩、三個星期，我滿腦子都在想這件事，最後甚至夢到我在戰鬥。

（好，先去找適合埋伏的地點吧！）

下定決心後，我花了五、六天的時間到處尋找，後來我又去了那個沙灘好幾次，只是每次看到四處散落的人頭和骨頭，我又會受到打擊，喪失勇氣。

好不容易，我找到了合適的地點。山丘的茂密樹叢裡，有一個正好能讓我容身的洞穴，躲在那個洞穴裡，可以看見對方進行殘忍行為的現場。

（他們應該看不見這裡，我就趁他們聚集時瞄準，第一波攻擊應該可以打死三、四人。）

決定好地點後，我立刻準備槍枝，將兩把步槍填滿散彈，另一把獵槍則是填滿一大把獵天鵝時用的大型子彈。

除此之外，三把手槍各裝了四發子彈，當然也準備了足夠的火藥。

從我的要塞之家到山丘上，大約有五公里的路程，我每天早上都會去那裡監視。

我就這樣不間斷的監視了兩、三個月，卻連獨木舟的影子也沒看到。即使用望遠鏡，也沒看見任何東西出現在海上，海岸上也一樣。

監視的工作終於讓我感到疲憊與厭煩。每天早上走五公里的路，卻只是白費力氣，我覺得自己很愚蠢。

（我做這些事，到底是為了什麼？原本打算代替上帝懲罰那些食人族，但我真的有權利教訓他們嗎？）

這想法浮現腦海，讓我陷入迷惘。

「他們不認為吃人是一種嚴重的罪行，只是延續自古以來的習慣罷了。」

「沒錯，戰爭時，我們不也處死俘虜嗎？他們殺俘虜來吃，並不認為殺人有罪。」

「若是這樣，把人殺來吃也沒關係嗎？」

「不，這麼殘忍的行為，當然不可饒恕。問題是，殺了他們又能如何？除非讓他們改掉這個殘忍的習慣，否則殺幾個人都沒用，反而是我自己犯下了殺人罪。」

我在心裡爭辯著，逐漸明白我想殺掉他們的作法是錯的。

（假如他們攻擊我，為自保而殺人是無妨，但他們沒有做出任何危及我生命的舉動，想必也沒察覺到我的存在。總之，別讓他們發現我，這才是最好的方法。）

於是，我決定中斷作戰計畫，只是盡可能提高警覺生活。

黑暗中發亮的雙眼

之後，有將近一年的時間，我都盡可能減少外出。要說我這一年來做了什麼，就是把放在島上另一側的獨木舟，移到島的東側而已。那裡是懸崖底下的小海灣，不用擔心會被人發現。

那些食人族並不是來島上打獵，不必擔心他們會走到那裡。

（話說回來，很久以前，我曾光著身體在島上到處亂晃。假如當時突然遇見他們，不知道會有什麼後果？幸好我只有看到腳印，萬一遇見的是十五人甚至二十人的團體，我一定會驚慌失措、束手無策吧？）

想到這裡，我徹底明白，無論擬定什麼樣的計畫、做了什麼準備，事到臨頭，也不會真的照我想像的那樣發展。

自從得知食人族會前來這座島之後，總覺得心情鬱悶，失去了生活的樂趣。先前我為了讓生活過得更舒適、方便，想了很多方法，埋頭打造各種器具，現在這些事我都提不起興致去做。

比起擔心糧食，現在我更擔心自己的安危。要是不小心發出太大的聲響，讓他們發現我就完蛋了。因此，我不再釘釘子，不再鋸木材，當然也不再開槍。生個火也得戰戰兢兢，怕從遠處就能看見煙霧，我只好在森林裡找一個合適的洞穴，烹煮食物時，我就會到那個洞穴裡。

那洞穴是我偶然發現的。不如就來聊聊發現洞穴時的趣事吧！

生火會冒煙，於是我想到可以燒**木炭**。烤麵包、烤肉、煮湯都少不了火，不能用火就無法生活。

我想起年輕時，曾在英國看過製作木炭的過程。我走進森林深處，打算尋找適合的樹，砍下來用。

我不經意看了看樹叢深處，發現一個疑似洞穴的地方。

「咦，有個奇怪的洞穴？看看裡面有什麼吧。」

我自言自語道，走近洞穴的入口。

洞穴的高度，剛好可以讓我站立著。

「到底有多深呢？」

我一邊說著，一邊窺探黑暗深處。

「嗚哇！」

我不由得大叫，立刻拔腿衝出洞穴。

洞穴黑暗的深處，有兩顆發亮的大眼珠，我絕對沒看錯，只是不知道是怪物還是動物。雖然不知道是什麼，確實有兩顆眼珠，反射從入口射入的微弱光線而發光。

我心跳加速，有好一會兒都喘不過氣來。

漸漸的，我冷靜了下來，對自己的膽小感到憤怒。

木炭（第151頁）

將橡樹或櫟樹在烤窯乾燒後製成的燃料。點火後不會產生煙霧，在電燈、瓦斯普及前廣泛用於炊事或暖氣等用途，也用於過濾飲用水，去除雜質。

（這種無人島上怎麼可能有怪物嘛！一個大男人，獨自生活了二十年，竟然還會害怕成這樣，太不像話了！振作一點，再去確認一次！）

我斥責自己，鼓起勇氣再次接近洞穴。這次，我先點燃了火把。

沒走幾步路，就聽見了呻吟聲。聲音聽起來似乎很痛苦、斷斷續續的，也像在喃喃自語。

簡直像是人類由於痛苦而發出的聲音，還聽到深深的嘆息。

我實在太害怕了，雙腿發軟，冷汗直流。

坦白說，我很想拔腿就逃，但我強忍住恐懼，相信上帝會保護我，鼓起勇氣往裡面走。

我高舉起火把，將呻吟聲的來源看個清楚。

「什麼嘛，原來是山羊。」

原來是一頭體型巨大的年邁公山羊倒在地上，眼看就要斷氣了。

我稍微搖了搖山羊，看看是否有辦法把牠搬到洞穴外，無奈牠連站起來的力氣也沒有。

（還是把牠留在這裡比較好，反正牠也活不久了。假如食人族在牠還活著的時候來到島上，應該會像我剛才一樣，嚇得不敢走進來才對。）

我看著呻吟的山羊，一邊這麼想著。

這時我已經冷靜下來。環顧洞穴，竟然連接著小得出乎意料、寬約四公尺左右，可以往更深處去的小洞穴，得用爬的才能勉強鑽進去。

（好！明天帶蠟燭來，進去裡面探險吧！）

當天，我就先回家了。

隔天，我帶了六根山羊油做的大蠟燭，來到這個洞穴。我立刻鑽進那個小洞穴，往深處前進。

前進了六、七十公尺左右，忽然來到一個很寬闊的地方，就像一間大會客廳，有六公尺高的天花板，四周是岩壁。岩壁在我拿的兩根蠟燭的照射下，就像鑲了一整面寶石般閃閃發光。

這副景象太驚人了，我不禁看得入迷。

這裡雖然照不到任何光線，可真的是個很棒的洞穴，地面鋪滿了小石子，一點濕氣也沒有。

（把這裡當成倉庫，再適合不過了！雖然入口很窄，出入不太方便，但這樣反而比較安全，趕緊回去把比較重要的東西搬來這裡吧。）

我決心這麼做。

那頭瀕死的山羊爬到洞穴入口後，就死在原地。我在那裡挖了很深的洞，把牠的屍體埋進洞裡。

我決定把寶貴的火藥，搬進這個渾然天成的倉庫。我順便打開了遭海水浸濕的火藥木桶，水從木桶外圍往內滲透了七、八公分左右，溼掉的部分變硬了，但中心沒事。以重量來算，大概弄到了三十公斤左右的火藥。

我只在要塞之家裡留下一點火藥，其餘全都搬進這個新倉庫。除此之外，我還將十一把槍中的其中五把槍，也移到這裡。

（只要鑽進這個岩洞裡，就算有五百個敵人前來攻擊也不用怕。更何況，他們根本找不到這個岩洞。）

我終於放下了心中的大石。

第二部

進逼的敵人

來到這座無人島已經二十三年了，我早已習慣島上的生活，除了必須擔心食人族之外，沒有任何好抱怨的。

我心想，若是像洞穴裡遇見的那頭山羊一樣，在島上變老、平靜死去，感覺也不錯。

有許多事物都能撫慰我的心靈，首先就是鸚鵡波爾。波爾記單字記得很快，說話很清楚，也經常跟我對話。多虧有波爾，才能安慰我寂寞的心。

在巴西，聽說鸚鵡的壽命可以長達百年，說不定波爾現在還好端端活在那座島上。

除了波爾，我還養了另外兩隻鸚鵡，但牠們不像波爾那麼會講話。即使如此，

「魯賓遜・克魯索！」牠們依然會像這樣，經常呼喊我的名字。

狗也是我可愛的伴侶。我們一起生活了十六年，最後牠衰老而死。

至於貓，之前我也提過，從船上帶回來的兩隻貓死了，但牠們的孩子一隻隻出生，數量多到我不知該如何是好。

除了狗和貓，我隨時都會養兩、三隻小山羊，放在身邊，當作我的玩伴。小羊真的很可愛。

此外，我還馴養了不知名的海鳥。我在海岸抓了海鳥，替牠們**剪羽**，便飛不遠，養在構成城牆的森林裡。後來牠們也跟我很親近，還生了幼鳥。

剪羽

根據停飛期的長短，剪羽方式也不盡相同。希望讓鳥永久停飛，需剪斷飛羽末端連結骨頭（指骨、腕掌骨）的神經。暫時停飛的話，會採用拔掉單邊初級風切飛羽的方式，破壞飛行平衡，讓鳥無法飛遠。

事情發生在我住在島上第二十三年的十二月。正好是收割作物的時期，我非常忙碌。

那天，我也是天還沒亮就摸黑起床，然後外出。沒想到我看見在島的一端，距離我的所在地大約三公里遠的海岸，有火堆的亮光，我嚇了一大跳。

那的確是曾有外人登陸這座島的方向，但這次不是對面那一側，而是靠近我的這一側，我慌了手腳。

我驚訝萬分，連忙跳進樹叢中，實在沒有勇氣走出去。

（假如海岸上的那些人在島上亂逛，發現還沒收割的作物，我該怎麼辦？他們一定會察覺到島上有人，絕對會把人揪出來才肯罷休。）

一想到這裡，我害怕得坐立難安，立刻飛也似的逃回我的要塞之家。

到家後，我立刻卸下梯子，接著想盡辦法偽裝我的家，讓它在外人眼中就像自然生成、完全看不到人工打造的痕跡。

進入要塞後，我忙著加強防衛，裝設在城牆上的槍全部填滿子彈，手槍當然也填上了。

「上帝啊，請祢保佑我，不要讓那群可怕的人奪走我的性命。」

我向上帝祈禱。

做好開戰的準備後，我動也不動，等了兩小時。

然而，我卻沒有聽到任何聲響，這麼安靜反而顯得詭異。

（不知道外面的情況如何？敵人在做什麼？）

沒有偵察兵可以出去探探情況，對外面的情況一無所知，這讓我非常焦躁。

不過，我又繼續坐下來等了一陣子，一邊思考遇到這種情況，該怎麼做才是最好的。

因為實在太想知道敵人的情況，我終於忍不住了，架起梯子，往上爬到後方岩山的平坦處，再把梯子拉上來，從那裡架起梯子繼續往上爬。就這樣一路爬到了岩山山頂。

爬到山頂後，我趴在地上，用望遠鏡窺看有亮光的方向。

我一下子就看得非常清楚，有九個全身赤裸的人，圍著火堆坐在地上。
他們生火並不是為了取暖，因為現在是非常炎熱的季節，根本沒必要那麼做。既然如此，就代表跟我想的一樣，生火是為了烹煮的人肉。
那九個人分別搭乘兩艘獨木舟來到這裡，兩艘船都被拉上了海岸。
（現在是退潮，我想他們應該是在等待漲潮，好離開這裡。）
得知那群可怕的傢伙也會來到我居住的這一側，無法言喻的恐懼便湧上心頭。
後來我知道他們只會趁退潮時來這座島，我的心情也就平靜多了。這樣一來，我就可以觀察潮汐，判斷這時候外出是否安全。
我繼續從岩山上窺看他們。我想的沒錯，海潮一轉往西流，他們就坐上獨木舟離開了。
不過，他們離開之前，還在沙灘上跳了一小時的舞。透過望遠鏡，我發現他們全身赤裸、一絲不掛，但看不清楚是男是女。
兩艘獨木舟離開後，我立刻帶著兩把步槍、兩把手槍、一把佩劍，全副武裝離開自己的家，前往第一次發現有人登陸的那個山丘。

我扛著許多武器，沒辦法走得很快，花了兩小時才抵達。到了山丘，我才知道還有另外三艘船來到了這一側。

我眺望遠方的大海，隱約看見他們聚集在一起，朝陸地前進。

我往下走向海岸，殘忍的景象讓我不由得別過臉去。親眼看到他們吃下抓到的人，開心得手舞足蹈、喧鬧一場的痕跡，強烈的憤怒再次湧上心頭。沙灘上散落著人類的血塊、骨頭和肉塊。

（我絕不會饒過你們！下次再來，我一定要把你們殺個精光！）

我全身不停發抖，不是出於恐懼，而是因為憤怒。

黑夜裡遇難的船

那群人並沒有為了做那殘忍的事而經常來到這座島。

他們再度來到這座島，是在一年又三個月後的事。中間，我從來沒有遇見他們，也沒有在沙灘上發現腳印。

他們絕對不會在雨季前來，這一點我可以確定。

即使如此，我還是非常不安。一想到他們不知何時會來偷襲，我就一刻也不能放鬆。

（他們要是再來，我該怎麼辦才好？要用什麼方法攻擊他們？萬一他們像上次那樣，分別從島的兩側登陸，我到底該如何是好？）

我想著這些事，擬訂各種作戰方式。

「不對，等一下，就算你真的殺得了十人、十二人，也不代表往後他們再也不會來了啊！到時候你又該怎麼辦？」

我自問自答。

「萬一隔天他們又來了怎麼辦？萬一下個星期、下個月，他們又來了，你打算怎麼做？」

「那也無可奈何，只好來一個殺一個，沒有其他辦法。」

「這麼一來，你殺掉的人數，會比食人族吃掉的人數更多啊！」

想著想著，我越來越不安，外出時總是提高警覺。

（幸好我養了山羊，不需要用槍。假如他們來到島上，我卻不知情，不小心開了槍，他們一定會嚇得魂飛魄散，趕緊逃走。但是下一次，他們一定會帶來一大群同伴，查明島上那聲巨響的真相。）

總之，如同我一開始所說，他們再度來到這座島，是一年又三個月後。如果曆法的計算沒有錯誤，這件事發生在我漂流到這座島第二十四年的五月。不過，關於當時的情形，我們待會兒再聊。

這一年三個月之間，我過著提心吊膽的日子，夜裡老是做噩夢。

到了五月中旬，根據十字架上的刻痕，這一天是五月十六日。

這一整天都雷聲隆隆，閃電不斷，颳著劇烈的暴風雨。到了晚上，雨還是下個不停。我讀著聖經，試圖讓心情平靜下來。

就在這時候，海的那邊傳來震耳欲聾的大砲聲。

我嚇了一大跳。

（錯不了，那是大砲的聲音。）

我這麼想著，一邊衝到外面，把梯子架在岩山上，爬上山頂。

爬到山頂時，我看見漆黑的海上閃爍著紅色的光。

（看來又發射了一次大砲。）

我心想，靜待聲響傳來。

大約三十秒後，聽見了大砲聲。

（那一帶好像是我划著獨木舟，差點被海流沖走的地方。一定有船快沉了，正在發射大砲求救。）

我當下也想向對方發出信號。

（說不定那艘船可以救我離開這裡！）

我急忙收集了很多乾木柴，堆到山頂上，點了火。

強風吹個不停，火也燒得很旺。

（那艘船一定看得見，拜託你們發現我啊。）

火苗往上竄時，那艘船連續發射了好幾次大砲。

（那一定是看到火焰的信號。）

我這麼想。

一整個晚上，我不停燒著火。

天終於亮了，暴風雨也停了，天氣轉為晴朗。

我一看，發現這座島東側遠處的海面上，有個模糊的黑色物體浮著，不清楚到底是不是船。距離實在太遠了，用望遠鏡看也看不清楚。

這天，我看了它好幾次，可以確定的是，它一動也不動。

（那艘船一定是放下船錨，停在海面上了。）

一想到這裡，我再也按捺不住，隨即扛著槍，衝到島的南側。來到上次我被沖走的岩石前端，那個黑色的物體便清楚可見，是一艘遇難的船。劇烈的風和海流，把船沖上了海中的岩石。

（不過，水手呢？是不是看到火堆後，所有人都改搭小船往無人島行駛，卻被大浪吞噬了？

真是如此，為什麼又要連續發射大砲？

是不是早在發射大砲前，就沒有小船可用了？

還是有另一艘船救走了船上所有人員？

不，他們應該和我從前的同伴一樣，全都溺死在海裡了。）

我望著那艘遇難的船，不斷想像各種情況。

（希望至少有一、兩人得救。不對，即使只有一個人也好，希望他能平安無事，假如能成為我的說話對象，那就更好了。）

我衷心祈禱著。

「至少有一個人也好，有一個人就夠了！」

我不由得握緊雙手，拚命吶喊。

意想不到的收穫

我的心願終究還是落空了。這艘遇難的船上，人員後來是什麼下場，終究不得而知。

然而，兩、三天之後，有一名少年的屍體被沖上海岸，是溺死的。

「好可憐。」

我不禁悲從中來。他來自哪個國家，我無從判斷。

大海早已恢復平靜。

（那艘船上，或許能找到有用的東西。不對，說不定還有生還者。）

假如能救起生還者，一定會讓我得到不少安慰。

想到這裡，說什麼我也要想辦法去船上一趟。我認為自己無論如何都得去看看。

我終於按捺不住，決定搭獨木舟前往。我準備了很多麵包、裝滿水的大瓶子、航海需要的羅盤、蘭姆酒和一整籃的葡萄乾，把這些都搬上獨木舟。

接著，我又回到家，準備第二趟的行李：一大袋米、裝水的壺、兩打麵包、起司和山羊皮做的傘。把這些搬上船後，我沿著海岸划槳出發。

很久以前，我曾經在這裡遭洶湧的海流捲走，沖向看不見無人島的遠方。

那洶湧的海流現在仍然像河川一樣，在靠近島的這一側和對面那一側流動著。

（划著獨木舟，萬一不小心離開海岸、被海流捲走，或許就抵達不了那艘遇難的船了。雖然準備了很多糧食和水，漂流幾十天後，我還是會餓死。）

我忽然覺得很害怕，想打消念頭。於是，我將獨木舟停進海灣，離開獨木舟，爬到這一帶的最高處觀察情況。

從這裡剛好可以同時眺望無人島兩側的海。很久以前我就發覺，漲潮時的海流，會流到無人島北邊的海岸。

（也就是說，回程時只要以島的北邊為目標，就可以順利上岸。）

我重新找回勇氣，當天就在獨木舟裡過夜，隔天早上立刻出發。獨木舟順著往東的海流，不斷向前進。我以槳代舵，不到兩小時就抵達了那艘遇難的船。

從船的建造方式來看，很像是西班牙的船。它卡在兩塊岩石之間，船頭和船尾都破爛不堪。

我靠近船體，有一隻狗跑出來不斷朝我吠。我叫牠，牠便跳入海中，朝獨木舟游過來。我把牠抱起來放進船裡，牠看起來很餓，虛弱得快死了。

「乖，沒事了。來，這個給你吃吧！」

我給牠一塊麵包，牠狼吞虎嚥的吃著。我也餵牠喝了水。

接著，我登上那艘船，首先看到兩名男子的屍體。看起來像是不斷遭到大浪沖擊，最後無法呼吸窒息而死。

我在船上四處尋找。除了那兩具屍體，並沒有發現其他屍體，可惜也沒有任何生還者。

（其他的人到底怎麼了？是不是像我那次一樣換搭小船，結果所有人都掉進海裡溺死了？）

我完全不得而知。

我檢查了船上很多行囊，看看有沒有派得上用場的東西，但大多數都在海水裡泡壞了。船上還有很大的箱子，可能是水手的家當。我沒有查看內容物，直接把其中兩個箱子搬上了獨木舟。

除了這兩個箱子，我還發現了一個裝酒的木桶。那酒桶相當大，我費了好一番工夫才搬上獨木舟。

此外，我也找到了槍枝和**牛角做的火藥筒**，火藥筒裡有兩公斤左右的火藥。我的槍已經夠用，因此決定只帶走火藥。

我拿走了**火鏟**和木炭夾，這是我非常想要的工

牛角做的火藥筒
因便於攜帶、不易損壞及防潮等特性，當時常利用中空牛角存放火藥。

火鏟
鏟取煤炭或炭屑用的工具。扁平的金屬上安裝握柄，外型和鏟子相似。

具；另外還拿了兩只小水壺、鍋子和烤肉網。

我把這些東西和狗安頓在獨木舟上，在黃昏時刻利用往無人島流的海流回到島上。抵達時，我已經精疲力盡了。

當晚，我就睡在獨木舟裡。

隔天早上，我馬上把東西搬上岸，檢查裡面裝的內容。裝在木桶裡的酒好像是蘭姆酒，不怎麼好喝。

大箱子裡則有非常多實用的物品，其中一個箱子裡有用漂亮盒子裝起來的酒瓶，甚至還用華麗的銀製瓶蓋。

「這應該是很高級的酒！」

我非常開心，獨自竊笑著。

另外，還有看起來非常好吃的**糖漬**水果。瓶蓋封得

糖漬

利用砂糖使食物不易腐化的特性，將蔬菜或水果浸泡在濃糖漿中，製成可長期保存的食品。

很緊，一滴海水也沒有滲進去。

「哇！這些東西實在太難得了！」

我會這麼高興，是因為翻到了四、五件高級襯衫，還有一打半的白色手帕。

「長久以來都沒有手帕可用，這下子有了！流汗時用手帕擦臉，就能神清氣爽。」

我一邊自言自語，一邊打開箱子裡的錢盒。裡面有三個大袋子，裝滿了西班牙銀圓。我數了數，一共有一千一百枚。

除了銀圓，還有用紙包起來的六枚**西班牙金幣**和小金條。小金條大約半公斤重。

另一個箱子裡除了裝著少量的衣物之外，沒有什麼大不了的東西。不過，有一公斤左右的火藥，倒是挺珍

西班牙金幣

十四到十九世紀西班牙和中南美的西班牙殖民地通用，稱為多布隆的貨幣。早期的金幣上畫著三座塔，自十五到十六世紀起，改成畫上該時代的國王肖像。

貴的。這個箱子裡也有大約五十枚西班牙銀圓。

（與其再多的銀圓，若是換成鞋子和襪子就更好了！）

我這麼想著。

不瞞各位，我拔走了死在遇難船上的兩名男子的鞋子。我實在是太久沒有穿鞋子了，無論如何都想穿。

（總之，快點把東西整理完畢吧！）

首先，我把沉重的錢幣搬進新發現的洞穴裡收藏。其他物品也整理好後，便沿著海岸划獨木舟，把船停在安全的藏匿之處。

之後，我立刻回家。家裡和我外出時沒有兩樣，我鬆了一口氣。

（啊，還是自己家最舒適了！）

在那之後，我決定減少外出，在家工作，過著悠閒的生活。

不過，生活雖然悠閒，不知道那群可怕的傢伙什麼時候又會出現，還是不能大意。外出時，我也只前往他們不會去的無人島東側。

就像這樣，又過了將近兩年的時光。不過，我這個人啊，似乎天生就是會陷自己於悲慘的命運中，我不願在這裡安居樂業，想盡辦法要離開這座無人島，於是又開始擬定各種計畫。

我想著是不是要再到那艘遇難的船上看看。

（那艘船上什麼也不剩，萬一遭那股洶湧的海流捲走就死定了。）

我這樣告訴自己，卻還是很想外出。

（唉，假如有和朱利一起逃跑時的那艘大船，不管天涯海角都可以馬上出發。）

我甚至有這種荒謬的想法。

人啊，總是對自己眼前的處境不滿意，我就是最好的例子。我在巴西經營農場經營得很成功。假如一直努力耕耘，現在早就成為大富翁了。

現在也是。來到島上至今我一直很平安，只要繼續這樣過下去就好，偏偏卻思考起離開這座島的計畫。

至於為什麼會有這種想法，就讓我慢慢說吧。

不可思議的夢

事情發生在我來到這座無人島第二十四年的三月。當時是雨季，雨下個不停，但我的身體狀況已不受影響。

某天晚上，我一如往常，爬上吊床準備睡覺，卻不知道為何十分清醒，想睡也睡不著。

我還是很在意那群可怕的傢伙。仔細想想，我會如此提心吊膽的過生活，也是因為在沙灘上發現了人類的腳印。

在那之前，我從不知道什麼是危險，在這座島上過著平靜的生活。

（唉，在那之前真的很幸福。自從知道有外人來到這座島，我就不得不提高警覺。

不過，等一下，在我過著平靜幸福的日子時，他們也來過好幾次吧？只是我不知情，還悠悠哉哉的罷了。

假如當時他們發現了我，一定會像我抓山羊來吃一樣，把我抓去吃掉。）

一想到這裡，我不禁打了冷顫。

（那群傢伙居住的地方，到底距離這裡多遠？他們搭多大的船來到這裡？既然他們能夠來去自如，我應該也可以橫渡到他們居住的地方。）

想到這裡，我便埋頭思考這個計畫。我甚至沒考慮到莽撞闖入對方的地盤，萬一被他們逮個正著，那該怎麼辦？滿腦子想的都是能夠獲救。

（往後的日子還很漫長，光是想像要在無人島過一輩子，就讓我背脊發冷。我一定要想辦法橫渡到那片陸地。抵達陸地後，只要像和朱利一起在非洲航海那樣，沿著海岸划船，早晚會碰到港口。運氣好的話，說不定能搭上基督徒的船，順利回到英國。

啊，有沒有誰能夠告訴我，這座無人島到底位於哪裡呢？把位置弄清楚了，就能擬定更縝密的計畫啊！）

我在腦中進行著各種計畫，想著想著，越來越興奮。我太投入在想，最後昏昏沉沉的，不知不覺就睡著了。

那天晚上，我做了很奇怪的夢，夢的內容是這樣的：

我一如往常走出要塞之家，發現海岸上有兩艘獨木舟，還有十一名可怕的食人族。

他們帶來一名男子，似乎要殺了他。

眼看那名男子就要被殺，他卻逃脫了，往我這邊衝過來。接著，他躲進要塞之家前方的茂密樹叢裡。

其他人並沒有追過來。於是，我走近躲在樹叢裡的男子身邊，溫柔的對他說：

「不用怕，我會保護你。」

男子跪在地上，低下頭來：

「請救救我！」

他是想說這句話吧。

我把男子帶回家。

（這麼一來，說不定真的有希望踏上那片陸地！他或許會替我領航，告訴我該往哪裡去才對。）

正當我滿心歡喜這麼想的時候，就從夢裡醒來了。

（什麼嘛，原來只是夢！）

我非常失望。

不過，多虧這個夢，讓我想到另一個計畫。

（對了，可以抓一個人來當我的領航員。就抓那被食人族帶來的俘虜吧。好，不管用什麼方法，我一定要抓一個人回來。）

雖然決定這麼做，但是該用什麼方式抓人呢？這可不是一件輕而易舉的事。

（總之，我不能大意，要持續監視，看他們何時會來島上。接下來該怎麼做，就走一步算一步吧！）

打定主意後，我盡可能常常外出去察看。持續了一年半以上。由於不斷重複著偵察的工作，最後都不耐煩起來了。

日復一日，我每天都到島的西側盡頭或是西南方那一角，監視是否有獨木舟前來。

然而，我左等右等，他們依舊沒有現身。我十分沮喪，但還是沒有死心，不屈不撓的繼續等待。

（他們一定會來。好歹要順利逮住其中一人，並且控制住他，把他訓練成我的手下。不只一個，甚至要訓練兩、三個人！）

我充滿自信。

說來奇怪，一開始我小心翼翼，想盡辦法不讓對方發現我，現在卻反而想遇到他們。

不過，就算我再有自信，他們不現身，一切也只是空談。

脫逃的俘虜

自從我懷著這種想法，如同前面所述，這一年半以來，什麼事情也沒發生。

沒想到，某天清晨，我看見五艘上岸的獨木舟，而且就在我居住的這一側海岸，這令我驚訝得說不出話。

四周沒有人影，不知道搭獨木舟來的人到哪裡去了？他們總是一艘船載著四到六人，五艘一起來的話，應該有二十到三十人。

（一次要對付二、三十個敵人，到底該如何應戰才好？）

我走投無路，只能逃進要塞之家。不過，我還是做了該做的準備，要是有個萬一，隨時可以應戰。

我暫時屏住氣息，一動也不動的窺看外頭的情況。什麼聲音也沒有。

我還是按捺不住，像平常那樣架起梯子，爬上後方的岩山山頂。

我躲在岩石後面，偷偷用望遠鏡觀察，果然看到一群人，大約有三十人左右。他們渾身散發詭異的氣息，正圍著火堆跳舞。

我抓著望遠鏡不放，仔細觀察他們的行動，看見兩名男子從獨木舟上被拖了出來。

「啊！那兩個人是俘虜。好可憐，他們會被殺來吃。」

話還沒說完，其中一名俘虜就遭到棍棒或木刀之類的東西毆打，應聲倒地。那群中的幾個人把倒地的男子團團圍住，接著就動手了。

另一名男子則是愣在原地。

沒想到，下一秒鐘，那名男子突然拔腿就跑。就像飛在空中似的，朝要塞之家這一側的海岸衝了過來。

看到那名男子往我家這邊逃，我驚慌失措。

（其他人也會追過來，這下不妙了！）

我這麼想時，發現我的夢居然成真了，嚇了一大跳。

（那傢伙一定會躲在樹叢裡。）

這時，我看到有三個人追了過來。

（只有三個追兵，希望他能夠順利脫逃。）

男子的腳程快得驚人，拉開了和追兵的距離。若能再撐上三十分鐘，看來就可以順利甩掉追兵。

這個人和我的要塞之家之間隔著一個海灣，也就是我漂流到這座無人島時，利用木筏搬運船上物品的那個海灣。

脫逃的男子必須游泳橫渡這個海灣，否則還是會被食人族抓到。現在是漲潮，海灣的水應該很深。

我看到男子縱身跳進海裡，迅速游過海灣，轉眼間就爬上岸了。上岸後他又飛也似的繼續奔跑。

三名追兵追到海灣，但只有兩人跳下水。留在岸上的那個人好像不會游泳，站在原地看同伴游了一陣子，便死心掉頭走了。

兩名追兵的游泳技術很差，相較於逃跑的男子，他們花了兩倍的時間。

（就是現在！我要像夢境裡一樣，營救那名男子，拉攏他當我的同伴。我要拯救那個可憐的人！）

我興奮得不得了，連忙先爬下岩山，抓了兩把槍，又急急忙忙再爬上去，從岩山上盡可能抄近路下到海岸。

接著，我衝向逃走的男子和兩名追兵之間。一衝出去，我就朝著逃跑的男子大喊。

男子回頭了。他看到我時，露出非常驚訝的表情。我招手示意要他過來，一邊招手，一邊慢慢走向追兵。接著，我突然用槍狠揍先朝我跑過來的傢伙，那傢伙一下子就倒在地上了。

沙灘上的追兵和他的同夥的距離很遠，就算開槍也不用擔心對方聽見槍聲，但我還是不想開槍。

第一個追兵倒下了，後來才趕上的那人，嚇得愣在原地。

我朝他走過去。但他手上拿著弓箭，而且瞄準了我。

迫不得已，我只好一槍斃了他。

逃跑的男子看到兩個敵人都被解決了，加上我的槍發出的火光和聲音，讓他驚訝得愣在原地，看來是被嚇得動彈不得了。

我再次對他招手。

男子提心吊膽的慢慢接近我，隨即又停下腳步。他似乎很怕我，全身都在發抖。

（看來，他以為自己也會被我殺掉，就像剛才那兩個人一樣。）

於是，我絞盡腦汁，用我想得到的身體語言，示意他過來。

男子畏懼的靠近我，每走十二、三步就跪下來磕頭，看來是要答謝我的救命之恩。

我向他微笑，要他更靠近我。

男子總算來到我身邊，他跪了下來，額頭貼地，把我的腳放在他的頭上。

（噢，他在發誓會永遠聽我的話吧？）

我馬上明白了他的意思。

就在這時候，被我用槍揍昏的追兵醒過來了。我當著被我拯救的男子，指著那個人。

男子開口說了幾句話。

我當然聽不懂，不過睽違了二十五年，再度聽到自己以外的人類說話，我開心得幾乎發抖。

不過，現在可沒有時間讓我盡情體會這份快樂。

那追兵癱坐在地上。我舉起槍對準他，同時把另一把槍遞給被我救起的男子。

「給我那把劍。」

沒想到，男子對我比手勢這麼表示。

我把掛在腰間的劍拿給男子，他立刻衝向那個人，轉眼就把對方的頭砍了下來，手法十分俐落。

男子露出得意的笑容，興奮的對我比手劃腳，把砍下的頭顱和劍放在我面前。

不過，男子似乎很在意另一個被槍殺的人。他從未看過槍，不知道對方是怎麼死的。

「好，你就去他身邊看看吧！」

我用手勢向他示意。

男子迅速衝了過去，將屍體翻來翻去，檢查他的傷勢。子彈打中了他的胸口。

他取下對方的弓箭，回到我身邊。

「我們不能在這裡浪費時間，其他人或許會蜂擁而至，你跟我來！」

我用手勢向他解釋，男子也用手勢回答我：

「萬一屍體被他們發現，那就危險了，把屍體埋進起來吧！」

他似乎這麼說著。

「好，動作快！」

我向他示意，男子立刻挖起砂坑，花不到十五分鐘，就將兩具屍體埋好了。

我帶著他，沒有回到我的要塞之家，而是前往距離最遠的那個洞穴。

聰明的僕人

抵達洞穴後，我給男子吃麵包和葡萄乾，還讓他喝水。吃飽後，我指著大把稻草束上擺著毛毯的地方，用手勢告訴他可以睡在那裡，男子一躺下就沉沉睡去。

「真可憐，他一定累壞了。」

我喃喃自語，仔細端詳這名男子。他長得非常俊秀，身材修長，個子很高，老實說長得挺帥的，年紀大約二十六歲左右吧。

（他的睡臉好秀氣，笑起來的時候，簡直像歐洲人。）

其實，男子的頭髮並不像羊毛那樣是捲曲的，額頭也很寬，看起來不但聰明，雙眼也炯炯有神。

他的膚色並不是全黑的，而是恰到好處的褐色。臉型圓潤，鼻子細而挺、不扁塌，嘴唇很薄，還有一口雪白的牙齒。

（對了，他從今天起就是我的僕人了，得幫他取個名字才行。）

我一邊擠山羊奶一邊想著。

「今天是星期五。我在星期五救了他，為了紀念，就替他取名為星期五吧！」

我自言自語之際，星期五就從洞穴走了出來，快步跑到我身邊。他跪在地上，做了很多奇怪的動作，看來是由衷的向我表達感謝。

最後，他額頭貼地，把我的腳放在他的頭上，用各種手勢和動作，努力讓我了解他會效忠我一輩子。

「我明白了。謝謝你、謝謝你。」

我也用手勢和動作表達自己的感激。

我們語言不通，實在很傷腦筋。我馬上就教起他英語。

「你叫星期五。」

我不斷教他，讓他記住星期五這個名字。

「我是主人。」

我重覆說了好幾次，讓他明白我是他的主人。此外，我還教了他「ＹＥＳ」和「ＮＯ」。

我在壺裡裝入羊奶，遞給星期五，自己也喝起羊奶、用麵包沾羊奶給他看。

「來，像我這樣吃麵包，很好吃喔，你也吃吃看。」

星期五模仿了我的吃法。

「非常好吃。」

星期五用動作示意，露出一口白牙，開心的笑了。

當天晚上，我們就在洞穴裡過夜。

隔天早上，我帶著星期五離開洞穴。

「星期五，我也給你衣服穿吧，像我身上穿的一樣。」

我搭配手勢說道。星期五非常高興，畢竟他光著身子，有衣服可穿，一定很開心吧。

我們經過埋有那兩人的屍體的地方時，星期五停下腳步，用手勢這麼說：

「我們把屍體挖出來吃吧！」

「NO，不行，絕對不可以。」

我露出生氣的表情，搖了搖頭。

「光是想像就讓我作嘔。」

我說道，還做了嘔吐的動作。

「我甚至連看都不想看，快點走吧！」

我一邊說一邊招手，星期五馬上聽話的跟了上來。

我爬上山丘，用望遠鏡眺望敵人是否已經撤離。沒有人影、也看不到獨木舟。

他們沒有尋找那兩個同伴，就直接離開了。

「星期五，我們下去海岸吧！你拿著這個跟我來。」

我把劍和弓箭遞給星期五，還交給他一把槍；我自己則是扛著兩把槍，朝敵人待過的地方走去。

抵達那裡時，現場的慘狀幾乎讓我全身的血液凍結，星期五卻顯得神色自若。

到處都是人的骨頭，血染紅了沙灘，吃剩的肉隨地丟棄。地上散落著三個頭蓋骨，五隻手，三、四根腿骨，除此之外還有人體的各個部位。

星期五用手勢和動作告訴我，有四名俘虜被帶來這裡，其中三人被吃掉了，下一個就輪到他。

星期五很聰明，即使用手勢和動作，我也能明白他想說什麼。根據他的敘述，他的國家和鄰國發生了戰爭，許多人變成俘虜，被帶到各種地方，像這樣被吃掉。

我指揮星期五把頭蓋骨、骨頭和肉塊收集整齊，在上面生火，把它們燒成灰燼。星期五也是食人族，一臉惋惜的看著骨肉燒成灰燼。

看到他的模樣，我憤怒得不得了。

「星期五，你要是敢吃人肉，我就用這個殺了你！」

我說道，敲了敲手上的槍。

星期五全身發抖。

「我不會吃、我不會吃！」

他搖頭道歉。

令人作嘔的東西完全燒成灰燼後，我領著星期五回到要塞之家。

「好了，星期五，你也需要衣服。」

我從遇難的船上找到的箱子裡，掏出褲子遞給星期五。褲子正好合身。

接著，我用山羊皮替他做了背心；帽子則是用兔毛來做。

看到自己和主人穿著相同的服裝，星期五高興得不得了。他雖然開心，可畢竟一直都光著身體生活，往後好一陣子，他總是顯得有些彆扭。

教導星期五

回到家的隔天，我思考著該選哪裡作為星期五的房間。說是房間，其實也就是睡覺的地方，還是得符合雙方的生活習慣。

於是，我在兩層城牆之間的某塊空地，替他架起一個小帳篷。

這裡有通往倉庫的出入口，我做了一扇門，可以從裡面打開，夜晚就鎖上門門。

架在城牆上的梯子，到了晚上會收進來。這麼一來，即使是行動敏捷的星期五，也無法越過內側的城牆，進到裡面。

而且，從內側的城牆上方到後面的岩山之間，架著許多長木棒，上面堆著厚厚一層稻草，就像屋頂一樣。

我在這個屋頂開洞，裝了一扇小窗，方便用梯子出入。無論用任何方法，從上面絕對打不開這扇小窗。因此，他也無法從這裡偷溜進來。到了晚上，我會把所有武器都放在身邊，一個也不漏掉。

我會這麼謹慎，都因為星期五是食人族。

不過後來我逐漸了解，我不需要如此提高警覺。因為這世上恐怕沒有比星期五更忠實、認真的僕人了。

星期五絕對不會生氣，我甚至沒見過他氣得鼓起臉頰的模樣。他做任何工作都很勤奮，像敬愛自己的父親一樣敬愛我。為了我，他甚至不惜犧牲自己的性命，看來我根本不需要有所防備。

而我也由衷的喜歡星期五。我認為把他教導成一個了不起、有用的人，是我的使命。

門閂
左右開的門上加裝金屬零件以插入橫木，讓門無法開啟。橫木通常會使用鐵棒或堅硬的木材。

比起其他的事，我特別用心教他英語。星期五的學習能力非常驚人，也很認真用功。

學會之後，可以用生澀的單字和我溝通，他開心得不得了。我也很期待能和星期五對話。

自從和星期五住在一起，島上的生活也變得愉快多了。若不是還得擔心食人族，我甚至認為在這裡終老也無妨。

某天早上，我打算宰殺一隻小羊，便出門去牧場了。

（要讓星期五從此再也不吃人肉，就得讓他記住其他肉類的味道才行。）

我決定要用小羊的肉，煮出美味的菜餚給星期五吃。

我發現一頭母山羊帶著兩隻小羊，在森林的樹蔭底下睡覺。

「等一下，保持安靜。」

我攔住星期五，舉槍打死一隻小羊。

我就在星期五的身旁開槍，可憐的星期五嚇得全身發抖，拉起身上的背心，摸著自己的身體。

接著，他跪在我面前，抱住我的雙腳，說著原住民的話，還不停哭泣。他似乎以為我下定決心要殺了他。

「放心吧，星期五，我不是要開槍殺你。」

我牽起他的手，要他站起來，笑著對他說：

「好了，去把那個拿過來。」

星期五立刻把小羊抱回來，他不明白小羊是怎麼死的，不斷摸著小羊的身體。

我趁這時候偷偷填上子彈。附近的樹上，正好停著一隻大鸚鵡。

「星期五，你看清楚了，我要用這個把鳥打下來。」

我指了槍、鸚鵡和地面，讓他明白我要用槍把鸚鵡打下來。

最後，我瞄準鸚鵡並且開槍。鸚鵡的羽毛四散，整隻掉了下來。

星期五再度嚇得目瞪口呆。他沒有看到我裝填子彈，以為這根長長的東西，有著無論距離遠近、任何東西都能殺死的神奇力量。

他一定以為神就住在槍裡面吧？

證據就是，星期五以為隨便亂碰槍會造成嚴重的後果，有好幾天，他連碰都不敢碰，一個人獨處的時候，他甚至還會對著槍喃喃自語。

「你剛才說了什麼？」

後來我問他，才知道他懇求槍千萬不要殺他。

把獵來的小羊帶回家後，我立刻動手烹調。當天晚餐，我用羔羊肉煮了美味的燉菜和湯。

「這種肉非常好吃喔，你吃吃看。」

星期五嚐了一口，隨即露出笑容。

「嗯，好吃，我喜歡。」

星期五表現出非常喜歡這道菜的樣子。

我灑了一點鹽再吃。

星期五也學我灑了鹽，這次卻露出非常難吃的表情。他捏了一撮鹽放進嘴裡，接著就「呸」的吐了出來，還用水漱口。

「這個，不好吃，我討厭。」

星期五說。

於是，我沒有灑鹽就把肉吃下去，然後「呸」的吐了口水給他看。

「不灑鹽的話，難以下嚥啊。」

後來，星期五也學會加少許鹽來吃；不過，無論嘗試多少次，他就是不喜歡。

隔天，我想讓他嚐嚐烤羔羊肉。我在英國也經常這麼做，在火堆兩側立起木棍，上面再橫放一根木棍，把肉用繩子吊在木棍上，一邊旋轉一邊烤著。

星期五相當佩服這種作法。吃了一口烤得香噴噴的羔羊肉後，眼珠咕溜溜的不停轉動著。

「這個，太好吃了。這是最好吃的，我再也不吃人肉了。」

聽到他這麼說，我真的非常開心。

與星期五的問答

自從和星期五一起生活，我反而變得比以前更加忙碌。有了星期五的幫忙，替我分擔了不少辛勞，和過去不同的是，我必須準備兩人份的食物。

首先，我必須拓寬田地，增加農作物的數量。我找到一塊遼闊的土地，像過去那樣用柵欄將地圍起來。

星期五看到多了自己一個人，反而增加我的工作量，說他很過意不去，於是比我更勤勞的工作著。

這一年是我的無人島生活中最快樂的一年。星期五的英語越說越好，經常找我說話。

能夠和星期五聊天，我覺得很開心；理解到星期五是個坦率又老實的人，我也越來越疼愛他。

（不過，星期五應該很想回去家鄉吧？）

我很在意這件事，便找他談談。

「你的國家，打仗從來沒有贏過嗎？」

星期五笑著說：

「對，我們很會打仗。」

星期五的意思是說，他們國家總是打勝仗。

於是，我和星期五進行了以下的問答：

我：「既然如此，為什麼你會變成俘虜？」

星期五：「我在的地方，有很多敵人。敵人有一個人、兩個人、三個人，把我抓起來。我不在的那個地方，我的國家的人，打敗了敵人。我的國家的人，一個人、兩個人，抓了很多人。」

我：「那麼，為什麼你的同夥，沒有從敵人手中把你救回來呢？」

星期五：「敵人有一個人、兩個人、三個人，帶著我，坐獨木舟逃走。那個時候，我的國家的人，沒有獨木舟。」

我：「你的國家的人，都怎麼處理抓到的俘虜？跟那群傢伙一樣，帶俘虜到別的地方，然後吃掉他們嗎？」

星期五：「對，我的國家的人，也吃很多人。」

我：「你們都把人帶去哪裡？」

星期五：「帶去別的地方。」

我：「也會來這座無人島嗎？」

星期五：「對、對，也會來這裡，還會來別的地方。」

我：「你跟他們一起來過這裡嗎？」

星期五：「對，我來過這裡。」（星期五指了指島的西北側。）

於是，我弄清楚了一件事。星期五也是來到無人島的食人族之一，上次則是被帶來這裡要吃掉。

之後，我乾脆帶星期五到島的另一側，他馬上認出了這個地方。

「在這裡，二十個男人，吃兩個女人、一個小孩的時候，我也在。」

星期五這麼說。他不會說「二十」的英語，便用石頭排出數字告訴我。

「從這座島到另一頭的海岸，到底有多遠？獨木舟不會沉船嗎？」

我問道。

「不危險。獨木舟，從來沒有沉船過。」

根據星期五的敘述，行駛到稍微遠一點的海上，海流的流向和風向，會在早上和傍晚時變成反向。

很久以後，我才得知以下的事實：海流會在早上和傍晚變為逆向，是位於南美洲的大河、也就是**奧利諾科河**所造成的現象。這座無人島位於奧利諾科河的河口，我在西方和西北方看見的那片陸地，就是**千里達島**。

我問了星期五非常多關於他居住的地方、那裡的居民、大海、海岸以及鄰國的問題。

我只知道住在當地的種族名叫加勒比。但根據地圖，**加勒比人**的分布區域，從奧利諾科河河口、圭亞那遍及南美洲的聖瑪爾塔。

星期五這麼說：

「月亮的另一頭，住著像主人一樣，長了白鬍子的人。」

所謂月亮的另一頭，指的是星期五國家的西邊。

「那些人殺了很多人。」

我猜他說的大概是西班牙人。進入美洲的西班牙人有多麼殘酷，可是傳遍了全世界。

「該怎麼做，才能從這座島去白人居住的地方？」

我問道。

「可以，用兩艘獨木舟就可以去。」

奧利諾科河（第209頁）

主要河域位於委內瑞拉境內的大河。全長兩千多公里，主要河道的寬度可達四十公里。水位變動幅度劇烈，無法航行。（請參見卷頭地圖）

「用兩艘獨木舟就可以去？什麼意思？」

我又問了一遍才知道，他的意思是，假如船的規模有兩艘獨木舟併起來的大小，就沒問題。

這個答案讓我十分振奮。

（總有一天，我要找機會離開這座島！到時候，星期五一定可以幫上我的忙。）

我默默下定決心。

千里達島（第209頁）

位於西印度群島南端的長方形島嶼，是世界第一的天然柏油產地。一七九七年由英國占領，一八〇二年成為英國殖民地，一九六二年獨立。（請參見卷頭地圖）

加勒比人

南美洲東海岸一帶，有食人習俗。使用吹箭和弓箭狩獵，擅於駕船。

十七個白人

星期五和我變得越來越親近。我說的話，星期五大部分都聽得懂，他的英語雖然只能說單字，但已經能表達所有事了。

我也告訴他很多事情，尤其是關於基督教裡的上帝和惡魔。

關於惡魔的話題，曾經讓我傷透了腦筋。

「主人說的惡魔，我知道他很壞，也知道他是上帝的敵人。可是，上帝不是跟惡魔一樣強、一樣厲害嗎？」

「那當然。上帝甚至比惡魔還強，比惡魔還要厲害喔！」

「可是，如果上帝比惡魔強、比惡魔厲害，為什麼上帝不殺掉惡魔？這樣惡魔就不會做壞事了。」

星期五的問題讓我感到非常頭痛，啞口無言，不知道該怎麼回答，於是假裝沒聽見。

星期五很認真的把剛才的疑問重覆一次。這次，我調整了心情，想好我的答覆。

「上帝最後會給予惡魔嚴厲的懲罰，為了**最後的審判**，才讓他留下。到那時候，上帝就會把惡魔扔進可怕的地獄之火當中。」

星期五對這個答案並不滿意，繼續追問道：

「留到最後？我不懂。為什麼現在不動手？為什麼不早一點殺了他？那麼壞的人，不要讓他活著。」

「這就像我們做了壞事、惹上帝生氣，上帝卻沒有立刻殺了我們，道理是一樣的。我們做了壞事會後悔，為了贖罪，上帝才讓我們活著。」

最後的審判

根據基督教的教義，在世界末日來臨時，神會審判世人，虔誠的信徒終得救贖，死者得以重生並獲得永恆的生命。聖經中的《啟示錄》詳細描繪了神與惡魔的戰爭以及世界末日的景象。

星期五沉思了一會兒。

「我懂了，主人。我、惡魔、大家都很壞。大家都留下來，大家後悔。上帝會原諒大家。」

當時，這個話題就這樣告一段落，後來，我繼續熱心告訴星期五有關上帝和**耶穌**的事，也認真讀聖經、把讀過的內容轉述給星期五聽。

就這樣，我把星期五教導成虔誠的基督徒。我和星期五在無人島上渡過的這三年，真的非常幸福。

對於星期五怕得要命、連碰都不敢碰的槍，我也教他認識結構和開槍方式，還給了他一把劍。同時，我做了一個在英國很常見、附有短劍刀鞘的腰帶。我改造了腰帶，讓手斧也可以掛在腰帶上。

我告訴星期五有關我的國家英國及歐洲的事，也告

耶穌
基督教中信徒崇敬的救世主。為了背負人類的原罪被神派遣到人世。倡導人們應該抱持對神的信仰和對他人的愛。

訴他我搭的船遇難的事，還帶他去看我漂流上岸的地方。船早已支離破碎了吧，連殘骸也沒有留下。

我讓他看颳著暴風雨的那天，大家一起搭乘、設法脫困的小船，這艘小船現在也殘破不堪了。

星期五注視著小船，似乎在思考些什麼。

「怎麼了？星期五，你在想什麼？」

「我看過這種船，去我的國家。」

星期五回答。

我仔細追問，得知曾有這種小船在暴風雨時被沖上海岸。

「我們救了溺水的白人。」

「你是說那艘小船上有白人嗎？」

「對。小船，很多白人。」

「有多少人？」

星期五用手指數，說有十七個人。

「那些人後來怎麼了？」

「大家都活著，住在我的國家。」

（原來是這樣。這麼說來，那些白人很可能就是遇難船上的人員！）

我這麼想著。

「可是，為什麼你們沒有把那些人殺來吃？」

「我們，不吃。大家，都是朋友。除了戰爭的時候，我們不吃人。」

提起這件事後，又過了一段時間。那天天氣非常晴朗，我們爬上無人島東側的山丘。

星期五原本專注眺望著遠方的大海，忽然興奮的跳來跳去，呼喚位於遠處的我過去。

「好開心、好開心。那裡，我的國家，看得見。那裡，我的國家。」

星期五雙眼發亮，像個孩子似的高興得不得了。

看他這個樣子，我忽然覺得心裡有點難受。

（唉，星期五果然還是想回去自己的國家。我救了他的命，這麼疼他，他終究還是要拋棄我嗎？他回去之後，說不定會把我的事告訴同伴，帶一大群人到這裡，把我殺來吃掉。）

不過，後來我才知道，這根本是我單方面的想法。星期五絲毫沒有想要跟我分開的意思。

可是我完全不知情，有好一陣子，我對星期五滿是懷疑，處處提防著他。為了刺探他的內心，我每天都追問他很多事。然而，星期五說的話完全沒有可疑之處。

某天，我們爬上東側的山丘，海上籠罩著薄霧，看不見那片陸地。

我對星期五說：

「星期五，你很想回到自己的國家對不對？」

「是，如果可以回去，我會非常高興。」

「回去之後，你有什麼打算？又要再吃人肉嗎？」

結果，星期五猛搖頭，答道：

「不對、不對。星期五，會告訴大家要好好生活。告訴大家要向上帝祈禱，告訴大家吃麵包、羊肉，喝羊奶，告訴大家不可以再吃人肉。」

「你這麼說，會被其他人殺掉喔！」

「不會，不會殺掉。大家都喜歡學很多事情。十七個白人，教了我們很多事情。」

「那麼，我來做獨木舟，讓你回家去吧！」

「主人，一起回去的話，我也去。」

「我也一起回去？別開玩笑了，我跟你回去，我會被吃掉啊！」

我半開玩笑的說，星期五則是一臉嚴肅的回答我：

「不會、不會。我會告訴大家，不可以吃主人。我會讓大家喜歡主人。」

星期五說道。接著，他非常努力敘述，大家是多麼親切的對待那十七名漂流上岸的白人。

聽他這麼說，我陷入了沉思。

（對了。我可以去找那十七個不知道是西班牙人還是葡萄牙人的白人，大家同心協力，或許可以平安脫逃，這樣比起獨自離開這裡有把握多了。）

新的獨木舟

又過了幾天，我帶星期五去看藏在無人島另一側的獨木舟。我們坐船出海，星期五駕船的技術比我好太多了。

「星期五，要不要去你的國家看看？」

星期五顯得悶悶不樂，沉默不語。我猜他是認為這艘小船沒辦法順利渡海。

於是，我對他說：

「還有更大的船，很早以前就完成了。但那艘船實在太大，沒辦法運到海邊，只好放在原地。」

到了那裡一看，那船畢竟已經放置了二十二、三年的時間，船身早已出現裂痕，根本沒辦法使用。

「這麼大的船就可以，可以裝很多食物和水。」
「好！那就來做一艘跟這艘一樣大的獨木舟，你坐那艘船回去吧！」
星期五沒有回答，只是一臉悲傷。
「怎麼了？星期五。」
「主人，為什麼對星期五生氣？我做錯什麼嗎？」
「我沒有對你生氣，為什麼這樣說？」
「沒有生氣，那為什麼要趕我回去？」
「為什麼？你不是說你想回家嗎？」
「對，我說過。可是，我想要兩個人一起回去。主人不去，星期五也不去。」
星期五說著，淚水在眼眶裡打轉。我明白星期五是發自內心的說這些話，心中對他充滿歉意。
「只要你願意陪在我身邊，我絕對不會趕你走。」
我向他保證。

我們立刻一起去找適合打造大型獨木舟的樹。島上多的是樹，但一定要選靠近水邊的，否則就會像上次那樣失敗收場。

星期五發現了非常合適的樹。什麼種類的樹最適合打造獨木舟，星期五比我更清楚。

星期五說要用火燒掉樹幹的組織，我告訴他用工具挖空比較好，還教他怎麼使用工具。

他很能幹，一下就學會工具的用法。我們兩人忙了一個月左右，終於完成了一艘堅固的獨木舟，外側還用斧頭削成一般小船的造型。

「好了，星期五，獨木舟完成了！只是辛苦的還在後頭，接下來我們得把船運到水邊。」

我這麼說，星期五高興的笑了。

我們砍下四、五根圓木，把圓木墊在獨木舟下面。兩人一起推獨木舟，圓木就會慢慢滾動。就這樣，我們花了兩星期左右，才把獨木舟運到水邊。

獨木舟成功的浮在水面上，大約可以載二十人。星期五立刻拿起槳，熟練的划起船來。

「怎麼樣？這艘船應該沒問題吧？」

我問道。

「是，沒問題。有強風也沒關係，可以去。」

於是，我著手進行下一個計畫，也就是立起桅杆、裝上船錨和錨繩。

從遇難的船上曾帶回帆布，可那畢竟是二十六年前的東西了。

（我沒有好好保存，一定早就變得破破爛爛的。）

我想得沒錯，帆布幾乎都爛光了，幸好還有兩條堪用。我立刻動手製作船帆。由於沒有針，費了不少苦心才完成三角形的船帆。

除了桅杆和船帆，還花了兩個月裝設其他需要的物品，當然也裝了船舵。

「好了，星期五。這樣就完成了！接下來，我要教你怎麼控制船帆，還有如何掌舵，你要看仔細了。」

只知道獨木舟的星期五，沒有搭過裝有船舵、撐起三角船帆的船，看到我用船舵自由改變行進的方向、控制船帆，他非常驚訝。

教了星期五一些基礎概念後，他馬上就學會了，很快的成為相當有本領的水手。唯獨羅盤，不管我怎麼向他解釋，他還是無法理解。反正羅盤也不常用到，我就放棄了。

戰鬥開始

自從我來到無人島生活，這已經是第二十七個年頭了。和忠心老實的星期五一起生活，也已經過了三年的時光。這三年的日子，和過去孤單的生活截然不同。

第二十七年紀念日，也就是我漂流到這座島的日子，我跟當初一樣，在靜靜的祈禱下渡過了。

（上帝啊，至今我能夠過著安穩的生活，一切都是祢的庇祐。我由衷感謝祢，把星期五這個好伙伴賜給孤單的我。）

我打從心底感謝上帝，覺得自己特別被守護著。

（再過一年，說不定我就不在這裡了。近期之內，或許能夠離開這座島。）

不知道為什麼，我就是有這樣的預感。

不久，陰雨綿綿的雨季來臨。我把新的獨木舟拉到第一次用木筏搬運船上物品的海灣，安置在那裡。

光是這樣還不足以放心。我叫星期五挖了一個剛好可以容納獨木舟的小船塢，接著，在海灣和船塢之間蓋了水門，把獨木舟停進船塢裡。船塢上方也搭了屋頂，防止船被雨淋濕。

就這樣，我靜靜等著雨季結束後，晴朗的十一月與十二月來臨。我計畫在那時候離開這座島，出海去冒險。

雨季結束了，每天都很晴朗，我也終於著手準備航海所需的物品。首先必須儲備大量的糧食。我打起精神，勤奮工作。

某個忙碌的早上，我交代星期五去海邊抓海龜回來。我們一星期會去抓一次海龜，吃龜肉和蛋。

星期五才出門不久，又驚慌失措的跑回家來。他一口氣翻過外側的城牆，大聲喊著：

「主人！主人！好悲傷，不好了！」

「怎麼了？星期五，發生什麼事了？」

「對面，那裡，獨木舟，一艘、兩艘、三艘！一艘、兩艘、三艘！」

聽他這麼說，我還以為獨木舟一共有六艘。仔細一問才知道是三艘。

「好，星期五，你不用怕。」

也難怪星期五會害怕，他誤認為這些人是來島上找他，打算把他分屍來吃。

我替星期五打氣，拿來蘭姆酒讓他喝了幾口。

「星期五，你聽好，要做好戰鬥的覺悟，你辦得到嗎？」

「我會開槍，可是，他們，很多人。」

「別擔心。只要開槍，就算沒打中，他們也會被槍聲嚇跑。我們同心協力，一起奮戰，你要按照我的命令去做！」

我在兩把散彈槍中填入大型子彈、四把步槍填滿散彈，另外兩把手槍也是。我把一把很大的劍掛在腰間，讓星期五拿著手斧。

首先，我爬上岩山，用望遠鏡觀察情況。敵人有二十一名，俘虜有三人，還看見三艘獨木舟。

他們登陸的地點，比起當初星期五差點被殺的地方，又更靠近我們，也就是森林延伸到岸邊之處。

一想到他們竟然在這麼近的地方殘殺人類，我就怒火中燒，難以忍受。

我立刻回到星期五身邊。

「我打算偷襲他們，把他們殺個精光！你願意幫忙我嗎？」

「無論主人說什麼，我都會照辦。」

星期五大聲的回答，剛才的蘭姆酒起了效用，讓他打起了精神。

我讓星期五扛著三把槍和一把手槍，自己拿著剩下的武器。此外，我還在口袋裡放了一小瓶蘭姆酒，星期五則背著裝子彈的袋子。

「你聽好，不可以離開我喔！除非我命令你，否則不准開槍，也不准發出任何聲音。」

就這樣，我們越過海灣，繞道不讓對方發現，往森林前進。

隨著逐漸接近敵人，我忽然想起很久以前獨自思考過的事，削弱了我要戰鬥的決心。

（把俘虜殺來吃，是那些部落民族的習慣，所以他們才會那麼做。他們並沒有要殺我，我卻打算殺了他們，這麼做很明顯是殺人的行為，懲罰那群傢伙是上帝該做的事，我沒有懲罰他們的權利。）

想到這裡，我決定先觀察情況，之後再看著辦吧。

來到森林盡頭，我低聲命令星期五：

「森林的盡頭有一棵大樹，對吧？你爬上去看看他們的情況。」

星期五很快就回來向我報告。

「大家圍著火，吃一個人。另一個人被綁起來，他馬上就會被吃掉。這個人不是我的國家的人，是坐小船來我的國家的白人。」

聽到他這麼說，我不寒而慄，立刻跑到大樹旁，用望遠鏡偷窺。的確，有一個白人倒在岸邊，手腳被綁了起來，身上穿著歐洲人的服裝。我再度火冒三丈。

為了更靠近那群人，我們利用樹叢當掩護，不斷前進，來到地勢稍高的地方。從這裡望過去，可以清楚看見，他們就在七十公尺左右的前方。

十九個可怕的傢伙圍成一圈坐在一起。有兩人走向岸邊的白人身旁，打算解開繩索。

（啊，輪到那個人了。我不能再拖拖拉拉！）

我立刻命令星期五。

「你聽好，星期五，跟著我做！」

我用步槍瞄準敵人。

「瞄準了嗎？好，開槍！」

我們同時開槍。星期五瞄得比我更精準，有兩個人被打死、三個人受傷。我則是殺了一個人，讓兩人負傷。

其他人嚇得跳起來，東張西望，不知道該往哪裡逃。

星期五目不轉睛的注視著我，試著模仿我的一舉一動。我拿起另一把散彈槍瞄準敵人，星期五也照著做。

「準備好了嗎？星期五。」

「好了。」

「好，開槍！」

我朝驚慌失措的那群傢伙發射，星期五也跟著開槍。由於用的是大型散彈，這次開槍打傷了不少人。我拿起步槍，命令星期五。

「好，星期五，跟我來！」

我一從森林衝出去就大聲叫喊，衝向白人俘虜的身邊。星期五也大吼大叫，跟在我身後。

剛走向白人俘虜身旁的那兩名食人族，聽到最初的槍聲嚇得拔腿就逃，正要坐上獨木舟，另外三人也跟著坐上船。

「星期五，開槍打他們！」

星期五往前衝了三十公尺左右，瞄準獨木舟上的人。五個人接二連三倒下，但只有兩人喪命、一人受傷，剩下的兩個人立刻又站了起來。

趁星期五射殺獨木舟上的那群傢伙時，我割斷綑綁白人俘虜的繩索，把他扶起來，用葡萄牙語問他：

「你是什麼人？」

「我是基督徒。」

白人用**拉丁文**回答。他非常虛弱，幾乎無力說話。

我餵他喝了一點蘭姆酒，還給他一塊麵包。

「你是哪一國人？」

「西班牙人。」

對方答道。蘭姆酒讓他稍微提起了精神，比手畫腳，想告訴我他有多麼感激我救了他一命。

於是，我用我想得到的西班牙語對他說：

「有話等一下再說，現在必須先解決那群食人族。這把手槍和劍給你，可以的話，請和我們一起戰鬥。」

西班牙人接過武器，彷彿注入了一股新的力量，奮不顧身朝敵人衝過去。沒多久就砍死了兩個人。

我把自己的手槍和劍給了西班牙人，舉起另一把槍呼喚星期五：

「星期五，剛才用過的槍，你快拿過來！」

星期五立刻把槍拿過來。我把手上的槍交給星期五，替用過的槍裝上子彈。

「我在這裡裝子彈，需要槍的時候就過來拿！」

我裝子彈時，西班牙人正努力和一名敵人對抗。敵

拉丁語

古羅馬時代，以義大利為中心盛行的語言。隨著基督教傳教活動推廣到歐洲各地，並深深紮根於宗教和各領域知識的語彙中，主要是知識分子使用的語言。

人用大木刀猛烈攻擊，西班牙人則揮舞著劍和他對峙。

敵人的頭部有兩處受了重傷。不過，他很強壯，還是一口氣撲了過來，和西班牙人扭成一團，虛弱的西班牙人被拋了出去。我連忙衝了過去，但西班牙人已經抽出插在腰間的手槍，擊斃了對方。

另一方面，星期五用手斧把兵荒馬亂的敵人一個接一個打倒。西班牙人也從我這裡拿走散彈槍，開槍替他助勢。有兩個遍體鱗傷的人逃走了。

星期五追了上去，殺了其中一人，另一個人跳進海裡，朝坐在獨木舟上的兩名同伴游了過去。

星期五朝獨木舟開了兩、三槍，但船已經走遠了，不確定有沒有打中。總之，順利脫逃的只有這幾個人，其他人的下場如下：

第一波開槍的死亡人數——三人。

第二波開槍的死亡人數——兩人。

星期五開槍，死在獨木舟上的人數——兩人。
一開始受傷，後來遭星期五殺死的人數——兩人。
星期五在森林中殺死的人數——一人。
西班牙人殺死的人數——三人。
遭到星期五追殺的人數——四人。
除了以上之外，搭獨木舟逃走的人數——四人，其中一人受傷，說不定也死了。
合計——二十一人。

星期五表示要追趕搭獨木舟逃走的那幾個人。

（假如放他們回去，或許會帶幾百人前來報仇。）

想到這裡，我也贊成星期五的提議，便跳上一艘遺留下來的獨木舟。一跳上去我大吃一驚，船上還躺著一個可憐的原住民俘虜，手腳都被綁了起來。

我馬上幫他割斷繩索，想把他扶起來，他虛弱得連說話的力氣也沒有，只能發出呻吟。

這時，星期五趕到了。

「你告訴他，叫他不要擔心，然後讓他喝這個。」

我把蘭姆酒瓶遞給星期五。

星期五正要餵低著頭的男子喝酒，一看到他的臉，忽然丟下手中的東西，放聲大叫。他用力抱緊對方，又哭又笑，接著又在船上跳來跳去，開心的唱起歌來。

「怎麼了？星期五。」

「這個人，是我的爸爸、我的爸爸！」

聽到他這麼說，我非常感動。

（對任何人而言，親情都是一樣的。）

星期五的喜悅，簡直無法用言語形容。他對父親的愛，我即使想學也學不來。

星期五用盡全力安慰父親。他陪在父親身邊，不斷輕撫、摩擦父親遭繩索捆綁的手腕和腳踝。

「用這個幫他潤潤口，會好很多。」

我這麼說，再把蘭姆酒遞給星期五。

發生了出乎意料的事，我們便放棄追趕獨木舟，逃跑的幾乎已經看不見蹤影。我們的運氣很好，放棄反而是正確的。獨木舟還走不到回程的四分之一，就颳起強風，西北向的逆風也吹了過來，我不認為那艘船能夠平安返回。

我把星期五叫來，問道：

「給你父親吃麵包了嗎？最好讓他吃點東西。」

「沒有，我是壞人，我吃光了。」

「真拿你沒轍。拿去，給他吃這個。」

我從自己的糧食袋裡拿了一塊麵包交給星期五，還把蘭姆酒拿給他喝。不過他沒有喝，把酒瓶拿給父親。

星期五把蘭姆酒遞給父親後，就像被施了魔法一樣，忽然從船上跳了出去，飛也似的跑掉了，一會兒就不見人影。

「喂！星期五，你怎麼了？」

我想把他叫回來，卻不知道他跑去哪裡了。總之，他的動作快得不像人類。

不過，十五分鐘後，就看到他折回來了，手上好像拿著什麼東西。等他接近我才知道，原來他跑回家拿水壺。他想讓父親喝水，特地跑回去拿。

他的父親喝了水，比喝下我給的蘭姆酒更有精神了。這也難怪，因為他口渴得幾乎要昏過去了。

「還有水嗎？星期五。」

「有，還有。」

「好，也拿給那個人喝吧！」

西班牙人虛弱的躺在樹蔭下的草地上。星期五拿水過去，他撐起身體，津津有味的喝著，還吃了遞給他的麵包。我走到他身邊，給了他葡萄乾。

「星期五，讓這個人和你父親坐上船，划到對面的海灣去。總之，要趕快回家，讓他們好好休息。」

星期五背起西班牙人，走向獨木舟，讓他躺在父親旁邊，立刻划船出發。我沿著岸邊走，星期五划船的速度相當驚人，比我還早抵達海灣。

「剩下的船，我去拿。」

星期五說完就折回岸邊。我好不容易走到海灣時，他已經划著另一艘獨木舟返回了。

獨木舟抵達岸邊，我們兩人扶起西班牙人和星期五的父親，攙扶他們上岸，但我們的客人早已虛弱到無法步行。

我緊急做了擔架，把他們放上去，好不容易才回到我家外側的城牆下。

「城牆這麼高，就算兩人一起搬也翻不過去。好，沒辦法，我們就在這裡搭帳篷，讓他們靜養，直到他們可以自行走路為止。」

我這麼說，叫星期五一起幫忙，花了兩小時左右，用舊帆布和樹枝搭了帳篷。

接著就地取材，用現有的材料做了床，並鋪上毛毯，讓他們好好休息。

逃出無人島的計畫

我的無人島目前有了四位居民。我是第一位居民，也就是無人島之王，而現在國王多了三個家僕。首先是對我十分忠誠的星期五以及星期五的父親，再加上同是基督徒的西班牙人。我很快樂，同時也變得非常忙碌。

首先，我必須替獲救的兩人做飯。我吩咐星期五，要他用軟嫩的羔羊肉去煮美味的燉菜。菜餚完成後，端到外面的帳篷，四個人共進晚餐。

吃過飯後，我命令星期五：

「我把所有的槍都放在剛才那個地方，你去拿回來。還有，把那些人的屍體也收拾乾淨。」

星期五馬上照我的吩咐做。我再前往那個地方時，已經整理得非常整潔，任誰都看不出這裡曾經發生過一場血腥殺戮。

新來的兩名家僕，我一點一滴告訴了他們許多事。透過星期五，我向他父親詢問了我最介意的一點：

「搭獨木舟逃走的傢伙，回到自己的國家後，會不會帶一大群同伴回來報仇？」

照他父親的想法，應該不必太擔憂。暴風雨那麼強，他們平安回家的機率很低，就算真的順利回到家鄉，可能也不會把突然現身的星期五和我當作普通人類，而是噴著火、發出可怕的巨響、從遠處就能殺人的妖魔鬼怪，想必再也不會接近這座島了。

老人的想法是正確的。事後我才知道，逃走的四個人，竟然平安回到家鄉，把自己的恐怖遭遇告訴大家。所有人聽到後都非常害怕，深信隨便靠近惡魔之島，就會被火打死，再也不敢靠近這座島了。

當時我並不知情。後來的好長一段時間，我一直很擔憂，甚至做好了萬全準備，讓我們四人可以隨時應戰以防上百人前來攻打。

只不過，敵人的獨木舟不再來，現況讓我越來越安心，於是我又計畫要離開無人島。

首先，我找西班牙人懇談。

「沒錯，我們一共十七名西班牙人和葡萄牙人漂流到那裡，跟當地原住民一起過著和平的生活，只是缺乏糧食和衣物，讓我們傷透了腦筋。」

據西班牙人所說，他搭乘了從**拉布拉他河**前往**哈瓦那**的西班牙船，船上還有從別艘遇難的船上救出的五名葡萄牙人。後來他們的船碰上暴風雨，歷盡千辛萬苦，才漂流到食人族部落所在的島嶼。

「那麼，你們沒有計畫過要逃離那座島嗎？」

我問道。

「當然有，我們討論過好幾次，但我們既沒有船、

拉布拉他河

位於阿根廷跟烏拉圭國境東方，水量豐沛，僅次於亞馬遜河，為世界第二大的河川。河口南岸的城市拉布拉他是農作物和牛肉的輸出大港。

哈瓦那

古巴島西北方的港口城市，在十六世紀曾被海盜襲擊，也曾經短暫由英國占領，之後成為西班牙殖民下的貿易港而繁榮。菸草栽種相當興盛。

也沒有造船的工具，還缺乏糧食，根本無能為力。」

「那麼把大家接到來這座島比較好吧？這裡可以打造足以讓所有人一起搭乘的大船，還有武器。不過，我是唯一的英國人，你們會不會背叛我，把我殺了呢？」

「不，你完全不需要擔心。大家都很苦惱，對於回到故鄉根本不抱希望，絕對不可能背叛伸出援手的救命恩人。」

西班牙人一臉誠懇。

「假如你擔心的話，我帶這位老人家回去，跟大家見面詳談，讓大家對上帝發誓，視你為隊長、船長，絕對聽從你的命令。」

他說得如此真誠，可以的話，我也想拯救所有人。於是，我決定送星期五的父親和西班牙人回去，讓他們和大家商量。

沒想到，一切都準備妥當，終於要啟程時，西班牙人卻提出反對的意見：

「回去無所謂，不過，假如有一大群人來到這座島上，該怎麼解決糧食問題？人類畢竟會為了食物起爭執，這點我很擔心。」

西班牙人的這番話確實有道理。以前只有我和星期五兩人，現在的人數是兩倍，有四個人，一不留神，糧食也會不夠吃，由此可見，必須儲存大量的糧食才能應付更多人。

於是我著手拓寬田地，這個工程花了一個月的時間。現在有四個人一起行動，不必擔心那群可怕的傢伙再來，可以放心的在島上走動。

除了糧食，還必須進行建造大船的前置作業。我指示星期五和他的父親砍了好幾棵樹，再把樹削成木板，這是一項非常需要恆心毅力的工作。雖然辛苦，他們還是做出了十二塊寬六十公分、長十公尺、厚五到十公分左右的大木板。

此外，我也增加了山羊的數量。除了養在牧場的山羊，我又另外活捉了二十頭小羊。

曬葡萄的季節正好來臨，我們四人便一起曬葡萄乾。葡萄乾營養豐富，是很重要的糧食。

收成季節來到，雖然稱不上是大豐收，也收割了不少作物。大麥八千公升，稻米的收成也有播下的種子的十倍。有這麼多糧食，即使再來十六個人，也能撐到下次收成；就算立刻出海，也足夠吃上好一陣子。

做好萬全的準備，終於要派西班牙人以使者的身分回去了。

「只有緊急狀況才可以用這個。」

我再三叮嚀，將兩把槍和少許子彈，交給西班牙人和星期五的父親。

他們坐上遭俘虜來時搭乘的那艘獨木舟離開，船上載了很多麵包和葡萄乾。我們還說好了暗號，這樣一來，他們回到島上時，即使相隔很遠也能辨識。

我目送變得越來越小的獨木舟離開，祈禱他們能夠平安抵達。

他們兩人是在十月出發的。我來到這座無人島，已經過了二十七年。

仔細想想，都過了二十七年，這還是第一次真正執行逃出這座島的計畫。

英國船的叛徒

我每天都期盼那兩人趕快回到島上。沒想到，過了八、九天後，竟然發生了出乎意料的事。

一早，我還在睡夢中，星期五就大聲喊我：

「主人！主人！回來了！回來了！」

我連忙跳起來，穿好衣服就衝出去。然而，我看了海面卻大吃一驚。六公里外的遠方，有一艘撐起三角帆的船，正逐漸朝我們接近。

「星期五，不是那艘船。我們先躲起來，等船更靠近再看看。」

我這麼命令星期五，先回家拿了望遠鏡，接著爬到後方的岩山上。

仔細一瞧，有一艘大船在十一公里左右的海面放下船錨，停在那裡。而且，還是一艘英國船。剛才看到的小船，也是英國的大型救生艇。

弄清楚之後，我的心情非常複雜。當然，無法言喻的喜悅也湧上心頭。

（英國人來了，就在那裡，我的同鄉來了。）

我一邊想著，腦中也浮現許多疑問。

（英國船來到這裡，到底有何目的？明明沒有暴風雨，停在那裡未免太奇怪了。他們該不會懷著什麼詭計，打算登陸這座島吧？）

是一種直覺嗎，我總覺得不能大意，謹慎監視著。

小船不斷尋找適合登陸的地點，最後終於抵達距離我的根據地七、八百公尺遠的海岸。

登陸的小船上共有十一人。所有人都是英國人，有一、兩個看起來像荷蘭人。只有三個人沒有帶槍，還像俘虜一樣遭到綑綁，其中一人正在拚命求饒。

我非常驚訝，一旁的星期五說話了。

「主人，英國人也會吃俘虜。」

「胡說！你認為他們會吃掉那個俘虜嗎？」

「對，一定會吃。」

「你錯了，星期五。他們或許會殺人，但絕對不可能吃人。」

我們說著話時，我的內心也非常焦急，很在意那三名俘虜會不會遭到殺害。那三人拚命求饒，看得我於心不忍。一名水手舉起劍，揮向其中一名俘虜。

（真是太殘忍了！有沒有什麼辦法可以救他們？）

我一邊思考，一邊盯著，發現那群水手竟把三名俘虜棄之不顧，分頭離開了。

（他們一定是要巡視島上的情況。那三個人趁現在逃跑不就好了？）

然而，那三個人不知道是不是太虛弱了，只癱坐在地上，可憐的縮成一團。看到他們的模樣，我想起剛漂流到這座島時的自己。

（那三個人一定像當時的我一樣，覺得自己沒救了，對一切感到絕望、死心。）

這時候剛好遇上退潮，這群人搭的小船就這樣擱淺在沙灘上。

小船上還有兩名男子。後來我才知道，當時這兩個人喝了酒，睡著了。他們醒來後，發現海水退到很遠的地方，嚇了一大跳。兩人連忙逃下來推船，小船卻一動也不動。

他們呼喊在附近遊蕩的同伴一起來推船，終究還是推不動。

「別管了，傑克。只要潮水再漲上來，船就會浮起來了。」

我聽見一名男子大聲叫喊。他說的是的確是英語。

（果然是英國人沒錯。不過，距離下次漲潮還有十小時。在那之前，或許我能想出什麼辦法。）

我打定主意，和星期五一起慎重整裝。我們的裝扮很嚇人，身穿羊皮上衣，戴著羊皮大帽子，腰間掛著亮晃晃的劍，腰帶上還插著兩把手槍。

下午兩點，天氣實在太熱了，所有人留下三名俘虜，朝森林走去，看來他們打算去午睡。三名俘虜無精打采，坐在大樹的樹蔭下。

（好極了！趁現在偷偷過去，或許能從那三人口中問出事情的來龍去脈！）

我命令星期五跟在我後面，躡手躡腳的走過去，小心不讓任何人發現，盡可能靠近那三個人，用西班牙語對他們說話。
「你們是誰？」
三個人被我的聲音嚇了一大跳，看到我的打扮，更是嚇得雙腿發軟。
我連忙改口說英語。
「你們不必嚇成這樣。我可以看狀況決定要不要幫你們。我剛才觀察了很久，你們看來遇到麻煩了，到底怎麼回事？」
其中一人眼眶泛淚的說：
「你真的是人類嗎？還是上帝派來救我們的使者？我是那艘船的船長，我的部下造反，本來想殺了我，好不容易才說服他們放我一條生路，現在卻要將我、大副以及這名船客遺棄在這座島上。」
「你不用擔心，我不是上帝的使者，我是人類，是英國人。告訴我，那群壞蛋在哪裡？」
「他們現在在那兒睡覺，要是發現我在跟你說話，肯定會衝來殺掉我們。」

船長指著樹叢說道。

「他們有槍嗎？」

「只有兩把，一把放在小船上。」

「那麼，趁他們睡覺時殺了他們，應該很簡單。還是說，你想要活捉他們？」

「他們之中有兩個絕對不能輕忽的壞蛋，只要殺了那兩人，我想其他人就會乖乖聽話。」

「好。我們先找個安全的地方，討論一下作戰方式吧。」

我帶著船長一行三人，走到稍遠的樹蔭裡。

「對了，船長，假如我救了你們，你願意答應我提出的條件嗎？」

「那當然。假如你能幫我把船搶回來，我願意答應你任何事。就算無法把船搶回來，我們也要跟你生死與共。」

船長一臉真誠的對我發誓。

「好，我的條件是第一，待在這座島的期間，你們得接受我指揮。我會借給你們槍枝，但一定要還給我。第二，假如能把船搶回來，你們要免費帶我和我的部下去英國，就這兩件事。」

「你是我們的救命恩人，我對上帝發誓，一定會遵守你開的條件。」

「很好。那麼，你們就拿著這三把槍吧！該用什麼作戰方式呢？趁他們睡覺時偷襲、射殺他們，倖存者如果肯投降，就饒了他，這個方法如何？」

「我希望盡可能不要殺人，但唯獨那兩個人，我饒不了他們。就是他們策畫叛變，如果讓他們逃回船上，一定會率領同夥來找我們報仇，到時候就不妙了。」

「既然如此，除了我的作戰方式，沒有其他更好的辦法了。」

在我們討論的時候，那些傢伙也醒了，傳來一陣喧嘩。

船長回過神，抓起槍站了起來。其他兩人也拿起槍，躡手躡腳的先走了出去。但他們不小心發出聲響，有一名水手聽到了，便回頭看。他一看到這兩人，立刻大聲呼喊其他同伴。

就在這一瞬間，大副和船客開槍了。他們打死了其中一個壞蛋，另一個壞蛋則身受重傷。受重傷的壞蛋搖搖晃晃的站起來求饒。

「求饒也沒用，你死心吧！」

船長放聲大喊，一把高舉槍用**後托**狠狠揍他。壞蛋來不及發出聲音就死了。

一旁有三名壞蛋的同夥，其中一人受了輕傷。當時我也趕到現場，他們發覺大勢已去，便放棄抵抗，向我們求饒。

「我要你們證明你們後悔叛變。假如你們願意協助我們把船搶回來，在前往**牙買加**途中勤奮工作，我就饒你們不死。」

船長怒吼道。

三名水手拚命求饒。

「他們看起來不像在說謊，船長，你就放過他們

後托

支持槍身（裝填彈藥用以擊發的長管）的木製部位為槍托。槍托下端較大面積的部分稱為後托。

吧？不過，在島上的期間，最好把他們綁起來。」

我對船長說。

我指揮星期五和大副，把小船的船槳和船帆藏起來。他們兩人執行任務之時，另外三名壞蛋也因為聽到槍聲而回到這裡。

看見原本遭俘虜的船長，反而把他們的三個同夥抓了起來，他們當場乖乖投降，自願被綁起來。

總而言之，總算是把登陸島上的壞蛋全收拾了。

牙買加

位在古巴南部的島嶼，十五世紀由哥倫布發現後成為西班牙殖民地，十七世紀遭英國奪走，一八六六年成為英國殖民地。曾經因為做為美國的貿易中繼站而繁榮。一九六二年獨立。（請參見卷頭地圖）

敵人的小船

我們先慶祝第一場勝利，同時互相傾訴海上的遭遇。我把至今為止的經歷，鉅細靡遺的告訴船長一行人。對於我漂流到無人島，長久以來獨自生活的艱辛，他們聽得目瞪口呆，佩服不已。

最後，我帶著大家回到家裡，讓他們飽餐一頓，還讓他們看了我親手製作的各種東西。最讓船長驚訝且佩服的，就是我的要塞之家。它被猶如城牆的兩層柵欄圍住，完美藏匿於茂密的樹林中。

「任誰都不會發現森林深處有著這樣的要塞，而且有人住在這裡。除了這個要塞，我還有位於郊區的別墅，以及牧場。等一下我會帶各位去參觀，現在最重要的，就是先把船搶回來。你們覺得怎麼做最好？」

我問船長。

據船長所言，船上還有二十六人。那群人犯下叛亂罪，回到英國一定會被判處死刑。因此，他們一定會不顧一切奮力抵抗。

「那麼危險的一群人，一定要設法盡快解決才行。船上的人發現同夥搭的小船沒有回來，一定會到島上來找人，到時候他們很可能會全副武裝來到這裡。」

船長也同意我的想法。為了防止敵人把停在原地的小船搶走，我們立刻前往海岸，把船上的東西都搬出來。船上有**白蘭地**、蘭姆酒、餅乾、砂糖還有火藥。我好久沒看到白蘭地和砂糖，實在太珍貴了。

接著，我們在小船船底挖了一個大洞。若無法奪回原本那艘母船，之後再把這艘小船修補好，或許還可以

白蘭地
以葡萄等果實蒸餾製成的酒。誕生於十六世紀，在主要產地的法國稱之為「生命的泉源」。做為提神藥物，用在人失去意識或情緒低落時，相當有效。

航行到星期五的國家，去找那群西班牙人。

就在這時候，船上傳來了大砲聲，還看見對方以旗幟作為信號，呼喚同伴立刻回去。過了一會兒，砲聲再度響起，但無論發出幾次信號，小船都不可能回去，只聽見那艘船不斷鳴砲。

終於，我用望遠鏡看到對方放下一艘小船，朝這座島划過來。小船越來越靠近，我看見船上坐著十個人，所有人全副武裝。

受到海潮流向的影響，這艘小船的登陸地點比起上一艘偏離了不少，因此，他們必須沿著海岸走過來。多虧如此，我才能好好觀察，理解情況。

「那群人當中有三個人，本性非常老實，一定是遭到威脅，才會加入造反的行列。不過，負責指揮的水手和其他人，全都是粗暴的傢伙，根本打不贏他們。」

船長憂心忡忡說道。

然而，我卻笑著回答：

「都什麼時候了，還說什麼打不打得贏啊！要突破這個難關，除了竭盡全力戰鬥，別無他法。只不過，有一件事出乎我的意料，變得很棘手。」

「什麼事？」

「就是你說的，那三、四個混在敵人當中的老實人，我們必須救出他們。不過，其他幾人是船上的叛徒當中特別凶惡的壞蛋，這一點反而讓我覺得很慶幸。一旦解決掉他們，等於打敗了主謀啊！」

我扯開嗓子，強而有力的說道。船長也因此獲得不少勇氣，於是，我們立刻著手準備戰鬥。

首先，我交代星期五把那兩名不能信任的俘虜關進洞穴。星期五把他們綁起來，關進洞穴裡，還留了兩、三天份的食物和蠟燭給他們。

剩下的四名俘虜，其中兩人仍用繩索綁起來，剩下兩人則變成了我們的戰友。這麼一來，我方加起來共有七個人。為了迎擊敵人，我們躲起來觀察敵情。

敵人的小船終於抵達岸邊。船一到岸，他們立刻跳下船，把小船拉上沙灘，接著趕往上一艘小船停泊的地點。

他們發現小船沒有槳，船帆不見了、船底還破了洞。他們驚訝萬分的模樣，我都看得一清二楚。

他們思考了一會兒，最後大聲呼喚同伴，後來發現喊也沒用，於是圍成一圈，一起朝空中開槍。

巨大的回聲響徹整座森林。不過，我並不擔心聲音會傳到遠方的洞穴裡；而一旁手腳被綁住的兩名俘虜也無法回應，一出聲就會當場被我們殺死。

情況不明，他們感到詭異，立刻把小船推入海裡，所有人都坐了上去。後來，聽他們說我才知道，他們以為同伴遭到殺害，打算回到船上跟其他人報告這件事。

看到他們搭上小船，船長慌了。

「一旦他們回到船上，告訴其他人同伴全被殺光了，有可能就會直接離開這裡，那我們要把船搶回來就無望了。」

然而，船長的話還沒說完，又看見他們調頭回到海岸。這次他們換了方法，三個人留在小船上、剩下的七個人登上小島，看來是決定由這七個人去找同伴。

（這下子傷腦筋了。）

我這麼想著。

（就算殺了登陸的七個人，可要是小船上的三個人逃了就一點意義也沒有。他們逃回船上後，一定會直接開船離去。沒辦法，事情變成這樣，只能看對方怎麼行動、隨機應變了。）

留在小船上的三人，再度把船划向大海，在距離岸邊很遠的地方放下船錨，等待同伴歸來。這麼一來，想攻擊小船也沒辦法了。

另一方面，登陸的那群傢伙，正前往位於我家上方的小山。

不久，他們爬到山頂附近，朝東北邊山谷和森林拉開嗓門，大聲呼叫同伴。

後來，他們喊累了，便坐在樹下商量。我心想，假如他們可以像上次登陸的那群同伴一樣睡個覺，我們就能不費吹灰之力解決他們。可是他們非常警戒，沒有一絲鬆懈的跡象，我們也緊張得坐立難安。

「對了，我想到一個好主意。」

船長突然開口了。

「雖然不知道他們是怎麼商量的，但我想他們遲早一定會再同時開槍向同夥打信號。等他們開槍之後，趁裝填子彈的空檔偷襲，我認為他們也只能投降。」

「這是個好主意。不過，得在他們裝填子彈前盡可能接近他們才行。」

我回答。於是，我們又繼續觀察了敵人的情況，偏偏他們好像也不打算開槍。我們拿不定主意，不知該如何是好，就這樣等待了很長一段時間。

「看樣子，我們在入夜前恐怕什麼也做不了。不過，假如他們不打算回到小船上，或許我們可以用什麼方法，巧妙的把小船上的傢伙騙上岸。」

我正這麼說著，那群人忽然站起身來，準備下山。

仔細一瞧，他們正往海岸走去。

（看來他們放棄找人，要回船上去了。）

我這麼認為。

我立刻把這件事告訴船長，船長非常沮喪，臉色慘白。不過，就在這時候，我想到了一個妙計，立刻對星期五和大副下令道：

「把他們叫回來！你們兩個爬到西側海灣的小山丘上使勁大聲喊，他們聽到聲音，如果有回應，你們就繼續喊，到時候他們一定會循著聲音過來。

你們就這樣一邊躲藏一邊對他們大喊，盡可能把他們引到小島的深處，越深越好。等他們在裡面迷路了，你們兩人就馬上回來。」

星期五立刻帶著大副出發。過不了多久，就聽見兩人的叫聲從遠處傳來。

「喂——」

敵人本來正要坐上小船，立刻出聲回應，往聲音傳來的小島西側跑了過去。

然而，他們一來到海灣就進退兩難，因為漲潮阻擋了他們的去路。

「把小船划到這裡來！」

其中一人大吼。

橫渡海灣後，他們把小船停進海灣裡。接著，他們留了兩名水手在船上，剩下的人全都循著星期五他們的聲音，走進森林裡了。

（很好，計畫成功了！）

我暗自竊喜，和船長一行人偷偷橫渡海灣，靠近那艘小船。

其中一名水手躺在海岸上，另一個人則在小船上。我們立刻上前偷襲。

躺在海岸上的水手大吃一驚，立刻站了起來，船長撲過去揍昏他，然後對小船上的水手大吼。

「乖乖投降！敢反抗的話，你就沒命了！」

我們有五個人，同伴又被揍昏，小船上的水手迫不得已，只好舉雙手投降。

這名水手是被迫參與造反的其中一人，他不但乾脆的投降了，也願意效忠我方。

另一方面，星期五和大副順利完成了任務。他們一邊大聲叫喊，一邊翻山越嶺，把敵人引誘到島的深處。

敵人受到他們的引誘，繞來繞去、疲憊不堪，最後走到很深的地方，想趁天色變暗前走回小船也已不可能。精疲力盡的不只敵人，星期五他們回到我們身邊時，也累到路都走不穩了。

敵人好不容易回到停泊小船的地點時，已經晚了星期五他們好幾個鐘頭。

「還不快點！」

最前面的男子吼道。

「我已經走不動了。」

「累死了，沒辦法走得更快。」

落後的人從遠處大聲回應。

不久，所有人在退潮後才回到海灣，發現不但是小船擱淺，兩名同伴也不見了，他們慌了手腳。

「喂！你們兩個，跑去哪裡了？」

「這座島上是不是有人住啊？」

「我們一定會被殺掉！」

「不會是有怪物或鬼住在這裡吧？所有人都會被擄走的！」

敵人慌亂大叫，抱頭鼠竄。

藉著夕陽微弱的光芒，我看著敵人驚慌失措，一邊等待攻擊的好時機。我命令星期五和船長，用爬行的方式，盡可能靠近敵人。

兩人立刻趴在地上。這時候，我看見造反的主嫌水手長，和兩名同夥朝這裡走過來。他們離我們非常近時，船長和星期五便突然站起來，朝他們開槍。

水手長當場死亡，他後面的一人受重傷倒下，一、兩個小時後就斷氣了，第三人則逃走了。

我以這個槍聲為信號，大聲吶喊，率領全軍進攻。雖說是全軍，也只有身為總司令的我、副司令星期五、船長和他的兩名部下以及三名俘虜。

四周已經一片漆黑，我們人數眾多，敵人打不贏我們。我利用剛才投降的水手，測試敵人是否會乖乖投降。

水手大聲呼喊：

「湯姆．史密斯！湯姆．史密斯！」

湯姆．史密斯立刻回答：

「你是誰？魯賓遜嗎？」

「沒錯，就是我。求求你們，立刻拋下武器投降吧！不投降的話，我們所有人都會被殺！」

「我才不投降！他們在哪裡？」

「就在這裡。除了船長，還有五十個人。水手長被殺了，威爾．弗雷受了重傷，我也成了俘虜。」

「投降的話，對方會饒我們不死嗎？」

於是，船長大喊：

「喂！史密斯！立刻放下武器投降，我保證饒你們不死。只有阿特金斯另當別論！」

聽到他這麼說，威爾．阿特金斯大叫：

「船長，求求你，饒了我吧！並不是只有我是十惡不赦的壞蛋啊！」

阿特金斯說謊。叛變時率先抓住船長，讓他落到如此下場的人，就是阿特金斯這個傢伙。

「不行！乖乖放下武器，剩下就看**總督**願不願意高抬貴手！」

船長答道。他說的總督就是我。

於是，所有人都丟下武器投降了。我命令部下把所有人綁起來。只不過，為了展現總督的威嚴，我躲在後面，並沒有現身。

總督

由母國派遣前往治理殖民地的官員。以英國殖民地的情況來說，總督等同英國國王代理人，相當於殖民地國王。

七 發信號

就這樣，我們解決了所有登陸的叛徒，船長也冷靜多了。

「你們仔細聽好。」

他召集所有俘虜，對他們這麼說：

「你們以為這座島是無人島，打算把我扔在這裡不管，對吧？沒想到啊，這裡不但有人住，連英國總督都來到這裡。總督打算把你們以叛亂罪送回英國，讓你們接受制裁。

但是，只有阿特金斯，總督決定立刻判你死刑，明天早上你就要上絞刑台，認命吧！」

這當然是船長隨口捏造的謊言，恐嚇劫持船隻造反的水手，效果顯著。

「船長，求求你！能不能向總督求情，請他饒我們不死？」

阿特金斯跪在地上懇求船長，其他人也不想被送回英國，再三求饒。

身為一名總督，我的服裝太滑稽了，不能讓別人看到，於是我待在遠處，派部下去把船長叫回來。

「船長，總督請您過去。」

「好的，請轉告總督，我馬上過去。」

這下子，水手們真的相信總督率領了五十名部下，就在附近等候。

船長一過來，我馬上轉告他把船搶回來的計畫，命令他立刻處理俘虜。於是，阿特金斯和另外兩名本性惡劣的水手被關進洞穴，剩下的俘虜則帶到我的別墅。所有人都被綁了起來，他們也真心懺悔，不必擔心他們會伺機逃跑。

隔天早上，我們終於著手準備奪回船隻的這場硬仗。首先，我派船長到別墅去，對俘虜這麼說：

「總督大發慈悲，才免你們一死。不過，之後要是把你們送回英國接受審判，一定逃不了死刑。假如你們願意協助我們把船搶回來，英勇奮戰，我可以替你們向總督求情，拜託他饒了你們。」

所有俘虜當然全都下跪求饒，還發誓只要能夠贖罪，一定會赴湯蹈火，在所不辭。

「好！那我就替你們向總督求情。」

船長回來向我報告。

「那群傢伙是真的打從心底懺悔，我認為可以相信他們。」

「不過，輕易相信他們很危險，先從那群人中挑選五個人出來幫忙。假如這五個人背叛我們，剩下的人就一樣處以絞刑，你就這樣轉告他們吧！」

那群俘虜沒有一句怨言。於是，攻擊船隻的成員如下：

一、船長、大副、船客。

二、搭第一艘小船來到島上，立刻求饒的兩名俘虜。

三、關進別墅後，透過船長求情獲得免刑的兩名俘虜。

四、最後得到饒恕的五名俘虜。

一共十二名成員。

我和星期五決定留在島上。光是替關在洞穴裡的五名俘虜做飯、送食物，就夠累人了。

船長打理好兩艘小船，填補其中一艘船的破洞，並分配搭乘的人員。一艘由船客擔任隊長，加上四名水手；另一艘則是由船長本身率領大副和五名水手。

小船在半夜抵達大船停泊的地點。來到大船附近時，船長下令要那個名叫魯賓遜的水手呼喊船上的人員。

「喂！我們回來了，小船和同伴都平安回來了。我們費了好一番工夫，總算找到他們了！」

在魯賓遜呼喊的同時，小船也已接近大船的船舷了。

船長和大副拿著槍，率先闖進敵營，用槍托揍昏了二副和造船工人。五名部下緊跟在船長後面跳上船，制伏了甲板上的人，同時關閉艙口，防止在船艙下層的人跑上甲板。

另一方面，小船上的其他人從船頭進攻，一上船就占領船頭和通往廚房的艙口，並把在那裡的三名水手抓起來。

就這樣，解決甲板上的人之後，船長命令大副和三名水手進攻下層的船艙。船艙裡有造反後當上新船長而得意洋洋的壞蛋、兩名部下及僕人，舉槍在那裡等著。

大副踢破門闖了進去。新船長和部下一起開槍。大副的上臂中槍，兩名水手也受傷了。

大副大聲求援，同時跳進船艙裡，開槍打穿了壞蛋的頭。子彈從壞蛋的嘴裡進去，穿過一邊的耳朵，他來不及吭聲就死了。於是，其他人也就投降了。

就這樣，順利將船奪了回來。船長依照我們事前的討論，發射七發大砲，做為成功的信號。

聽到這個信號，我感覺全身都虛脫了，無法言喻的喜悅湧上心頭。在那之前，直到半夜兩點，我都一直靜靜坐在海岸，心急如焚的等著這個信號。

最後一天

聽到勝利的信號，我立刻橫躺下來，轉眼間就進入夢鄉。我真的累壞了。不知道睡了多久，砲聲忽然響起，將我驚醒過來。

「總督！總督！」

我聽見有人呼喚我。

我馬上認出那是船長的聲音。一爬上岩山山頂，就看到船長站在那裡。船長撲過來抱住我，指著大海：

「你看，你的船就在那裡。你是我的救命恩人，那艘船和全體人員，一切都屬於你了。」

仔細一看，船就停在距離海岸不到一千公尺的地方。船長戰勝後立刻收起船錨，把船開到小海灣附近，放下船錨，讓船停在那裡。接著再換乘小船，划到我第一次停泊木筏的那一帶。

聽船長敘述事情的詳細經過，我差一點就要虛脫、癱坐在地。

（這麼一來，我真的得救了。）

想到這裡，我一直繃緊的神經隨之鬆懈，幾乎要昏倒了。幸好船長撐著我，我才能勉強站著。

船長立刻從口袋掏出瓶子，讓我喝點酒來提神。酒一下肚，我就癱坐在地上，心情振奮不少，卻說不出話來。

船長察覺我的心情，也跟著沉浸在感動之中。他用溫柔的話語鼓勵我，試著安撫我的情緒。滿腔喜悅讓我手足無措，淚水不斷奪眶而出。

過了好一會兒，我終於能夠開口說話：

「船長，你也是我的救命恩人，是上帝派來把我救出這座島的使者。這件事讓我明白，上帝總有一天會伸出援手、拯救不幸的人。」

我衷心感謝上帝。

船長柔聲安慰我：

「不瞞你說，為了撫慰你的心靈，我帶了一些食物來，數量不多就是了，但請你一定要打起精神。」

船長拉開嗓門，朝小船大喊：

「喂！把送給總督的禮物搬過來！」

他們送來的東西樣樣都是令我感激不已。看到這些，我甚至有種今後還可以繼續在這座島上生活的錯覺。

我得到的禮物有高級葡萄酒、高級香菸、能夠長期保存的牛肉和豬肉、豌豆、餅乾等等。除此之外，還有砂糖、麵粉、檸檬一類的食材。

不過，最令人感動的是，我得到了全新的襯衫、領帶、手套、鞋子、襪子和帽子，還從船長那裡得到了全套的西裝。

多虧體貼的船長送我的禮物，我從頭到腳，徹底變成了一個有模有樣的英國

人。不過，我剛穿上這些衣服時，真的覺得非常難受。

（世上竟然有這麼拘束、這麼令人不舒服的東西！）

我甚至產生了這種想法。

把這一大堆禮物搬回我家後，我立刻和船長商量該怎麼處置關在洞穴裡的俘虜。

「那些傢伙本性惡劣，其中有兩個人更是無可救藥的大壞蛋，必須把那兩個人套上鐵製的**手銬**、**腳鐐**，交給英國政府才行。只要送審，他們一定難逃死刑。」

船長說道。

「判死刑太可憐了。不如由我向他們提議，讓他們留在島上生活好了。」

船長也贊成我的想法。於是，我派星期五和兩名水手前往洞穴，不解開俘虜的繩索，直接帶他們到別墅

手銬腳鐐

由鐵或木材製成，懲治罪人的刑具。戴在罪人的頭部和四肢上以限制行動。在當時的英國算是較輕的刑罰，也有「遊街示眾」這種戴著手銬腳鐐繞行市區中心的刑罰。

去。

過了一會兒，我穿著全新的衣服前往別墅。有了這身正式的服裝，即使說我是總督也不會令人起疑。我和船長一同出現在五名俘虜面前，對他們這麼說：

「你們給我聽好！你們做了什麼壞事，我都一清二楚！我也知道你們讓船長吃了不少苦頭，甚至企圖把船搶走、逃之夭夭。現在，在我的指揮下，已經把船搶回來了。身為總督，我甚至可以判你們死刑，你們有沒有什麼話想說？」

於是，其中一人代表所有人答道：

「我們無話可說。但是，先前船長保證會讓我們活命，因此請您開恩，饒我們一命！」

「把你們送回英國，一定會以絞刑論處。不過，假如你們願意留在這座島上，我可以讓你們留在這裡，把命運交由上天安排。」

五個壞蛋聽到我這麼說，高興得不得了。

「請您大發慈悲，把我們留在這座島上吧！比起被送回英國判死刑，留在這裡要好太多了！」

「是嗎？既然你們有這個意願，我可以教你們如何在島上生活。我離開這座島時，也會把生活必需品留下來。」

讓這群傢伙回到洞穴後，我終於要準備離開這座島了。這一天，我留在島上做準備，船長則回到大船上，約定隔天一早會派小船來接我。

船長離開後，我又叫人把洞穴裡的五個人帶過來。

「你們決定留在島上，對你們反而比較好。看看那個！」

我指著大船。

「看得見船的帆桁上掛著屍體吧？那是你們的同伴、當上新船長的那個傢伙。回到英國，你們的下場也會跟他一樣。

如果你們肯留在島上勤奮工作，在這裡也可以過得很舒服。」

我這麼說道，告訴他們我來到這座島的緣由以及我是如何活到現在。接著，我帶他們參觀圍了一重又一重的城牆，詳細教導他們麵包的作法、大麥和稻米的栽培方式以及如何製作葡萄乾等等。

我還告訴他們，將來或許會有十七名西班牙人來到島上，為了那些人，我決定寫一封信留下。

「如果西班牙人來到島上，我希望你們可以接納他們成為同伴，大家好好相處，明白嗎？我把我回去的理由，詳細寫在這封信上了。」

此外，我還把五把步槍、三把散彈槍、三把劍以及剩餘一桶半的火藥，都送給這些傢伙。

飼養山羊、擠羊奶、奶油和起司的製作方式，我也都傾囊相授。

「我也請船長送你們一些蔬菜種子吧。坦白說，這裡缺乏蔬菜，我已經苦惱很久了。這些豌豆是船長送給我的禮物，我留下來給你們。拿這些去種，讓豌豆多長一些，大家一起吃吧。」

就這樣，我忙碌的渡過了在這座島上的最後一天。

令人懷念的老船長

隔天，我告別了這五個人，搭上大船。不過當天並沒有立刻啟程。

隔天一大早，留在島上的其中兩人竟然游向我們。

「求求你們，讓我們上船！要是留在島上，他們一定會殺了我們。回去就算被判絞刑也無所謂，請讓我們上船！」

他們拚命哀求，幾乎要哭出來了。船長心生憐憫，終於還是讓他們上了船。不過，他們犯下叛亂罪，得接受懲罰，不但慘遭鞭打，**傷口還抹鹽和醋**。後來，那個兩人真的改過向善了。

漲潮時，我請船長放下小船。我答應留在島上的人，要送蔬菜的種子、火藥和衣物給他們。

三個人非常開心，由衷的感謝我。離別時，我對他們說了鼓勵的話：

「假如我有機會出海，一定不會忘了來接你們，好好保重。」

和無人島道別的時刻終於來臨。為了紀念漫長的無人島生活，我決定帶走費心製作的山羊皮大帽子、雨傘和鸚鵡。此外，還有之前提過的那些錢幣。由於藏得太久，都生鏽了，但搓一搓，還是散發出硬幣該有的光芒。

就這樣，我終於告別了無人島。根據船上的紀錄，這一天是一六八六年十二月十九日。算了算，我在島上生活了二十八年兩個月又十九天。而且，說到順利離開島上的日期，我帶著朱利從塞拉港的海盜那裡逃出

傷口抹鹽和醋

鹽具有防腐作用，醋則有殺菌的作用。塗滿鹽和醋就能防止鞭打留下的傷口被細菌感染。另一方面，鹽和醋會滲入傷口產生劇痛，加強鞭刑的效果。

來的日子，也是十二月十九日。

歷經漫長的航行，一六八七年六月十一日這天，我總算回到了英國。睽違三十五年後才又見到的英國，充滿濃濃的鄉愁。

不過，一回到祖國，我反而像個初次來到英國的異鄉人，完全搞不清楚狀況。

雖然如此，我仍然找到了那位幫我保管在幾內亞做生意所賺的錢、已過世的船長的夫人。很幸運的，夫人還健在；但她遭逢變故，生活十分落魄。我非常同情她，也不在乎那些錢了，再三安慰她，希望她不要把錢的事放在心上。

再怎麼說，夫人都幫了我一個大忙，我拿出僅有的錢做為謝禮，盡可能展現我的誠意。

接著，我前往故鄉約克市。我的父母早已離開人世，不過，我的兩個妹妹和弟弟的兩個孩子還活著。大家都認為我早已客死異鄉，不抱一絲希望了，因此沒有留下任何財產給我。

（那麼，今後我該靠什麼維生呢？）

正當我陷入苦惱時，意想不到的鉅款竟從天而降。我從叛徒手中解救出來、協助把船奪回來的那位船長，和船上所有人商量，給了我兩百英鎊當作謝禮。

但我也不能遊手好閒，於是決定帶著這筆錢前往里斯本。我心想，只要去了那裡，或許可以得知我在巴西那座農場的現況。

於是，隔年四月，我帶著僕人星期五出發了。星期五依舊對我忠心耿耿，和在島上生活時沒有兩樣。一抵達里斯本，我就到處打聽，終於和那位在非洲沿岸救我的船長重逢。見到這位令人懷念的船長，我高興得幾乎要哭出來。

只不過，船長的年紀也大了，已經把工作交給他兒子。老船長第一眼看到我的時候，認不出我是誰，這也難怪，我們聊著聊著，他才好不容易想起來，十分驚訝。

我們開心的敘起舊來，我也把在無人島上的漫長生活說給他聽。最後，我向他問起巴西的農場。

「我已經有九年沒有去巴西了，不清楚最近的情況，但農場應該還是你的合夥人在代替你經營。至今的收入，每年都繳給地方政府了。只要你出面，應該可以領回來才對。」

船長答道。

「不過，我的農場能在沒有任何糾紛的情況下，回到我手上嗎？」

「只要能證明你就是農場主人，而且還活得好好的，應該不會有問題吧！」

耿實的船長這麼說，還熱心的幫我寫了證明的文件和信，寄到巴西。

幾個月後，我收到許多從巴西寄來的信件和行李。包括昔日合夥人和朋友的家人祝賀我平安無事的信件、關於農場的詳細報告，甚至還有慶祝我歸來的禮物。

禮物是七張美麗的豹皮、砂糖一千兩百箱，還有一百塊小金條。

除此之外，我的合夥人寄來了農場至今的收入——一共五千英鎊的鉅款。據說，目前我的農場每年都有一千英鎊以上的收入。

我得到這筆驚人的財產，頓時臉色發白、全身顫抖，幾乎要昏過去。要不是船長讓我喝酒提神，我一定會高興得昏死去，就這樣離開人世。

現在，我成了一個大富翁。我太開心了，開心得冷靜不下來。即使再開心，我也沒有忘記，首先該做的，就是報答這位好心的老船長。

我決定從今以後，由船長替我收取農場每年的收益，其中的一部分則贈送給他。我甚至跟船長約定，在他死後，我會繼續贈送那筆金額的一半給他的兒子。我認為，這麼做也算是報答了船長對我的恩情。

星期五擊退大熊

我意外獲得一大筆財富後，陷入了沉思。

（這裡不像島上，有可以藏錢的洞穴，也不能隨便亂放。唉，還是島上的生活悠閒多了！）

不過，我也不能就這樣無所事事的過日子。我必須去巴西看看我的農場，但我也不想在巴西過下半輩子。於是，我寫信通知替我管理農場的合夥人，告訴他，「農場就萬事拜託了，我會找時間過去看看情況。」

總之，我決定先回英國再說。回去之前，我委託里斯本的商人送一百英鎊到倫敦，給對我有恩的那位老夫人，告訴她，今後會繼續寄錢給她，請她務必保重，同時也替她加油打氣。

我各寄了一百英磅給住在故鄉的兩個妹妹。她們的生活並不困苦，但這筆錢算是我送給她們的禮物。

像這樣，我把事情一一處理好、賣掉手邊的東西，準備回英國去。唯獨這一次，我不想搭船旅行，認為走陸路應該會順利得多。

有三名英國人和兩名年輕的葡萄牙人加入這趟旅程，成為我的旅伴。除此之外，還有五名同行的人。不用說，和我同行的人之一當然有星期五，但星期五對歐洲的風土和這種旅行方式都不習慣，於是我又雇用了一名英國水手與我們同行。

我們一行人帶著槍和手槍，騎馬從里斯本出發。途中，我們一邊遊覽奇特的景點，一邊行經西班牙，眼看就要越過西班牙與法國國境的山區。萬萬沒想到，冬天來得這麼早，竟然遇上了強烈的暴風雪。

最吃不消的人就屬星期五。他看到白雪皚皚的山頭，又被令人凍僵的寒風吹襲，可憐得全身直發抖。

我們雇用帶路的人，從最後一個小鎮出發，這一天是十一月十五日。後來，我們又旅行了好幾天，馬不停蹄往北方前進。

某一天，接近黃昏時，我們走在緊臨茂密森林的路上，忽然有三匹狼衝出來。其中兩匹狼攻擊了帶路人的馬，另一匹則是朝帶路人撲過去。

走在最前方、和我們距離甚遠的帶路人來不及掏出手槍，發出了悲慘的叫聲。一聽到慘叫，星期五就率先趕過去，一槍打死了其中一匹狼。其他兩匹狼被槍聲驚嚇，逃進森林裡了。我們隨後趕到，幸好帶路人的傷勢並不嚴重。

我們正替他包紮傷口時，這次卻看見熊從森林裡衝了出來。那頭熊就像怪物那麼巨大，我們從未見過那麼大的熊，嚇得目瞪口呆。

出乎意料的，星期五看到熊，竟然高興得不得了。

「哦哦！哦哦！哦哦！」

星期五指著熊，大喊了三聲。

「主人，包在我身上！我要和牠握手，要把主人逗笑。」

我大吃一驚。

「你在胡說什麼？這麼亂來，會被熊吃掉啊！」

「被熊吃掉？才不會，是我會吃了熊。然後，我要逗主人笑，大家留在這裡，我會把大家逗笑。」

話一說完，星期五就拿起槍，一陣風似的衝了出去。

熊根本不把人類放在眼裡，慢吞吞的走著。星期五走到十分靠近熊的地方，大聲叫住牠：

「喂！我有話跟你說！」

熊露出不耐煩的表情，越走越遠。星期五連忙追了上去，撿起大石頭往熊身上扔，石頭不偏不倚擊中了牠的頭。

熊轉過身，一看到星期五，就朝他衝了過來。熊的動作出乎意料的敏捷，讓我們非常驚訝。

另一方面，星期五也朝我們跑了過來，彷彿要向我們求救。

「不好了！大家快舉起槍！」

我發號施令，並對星期五怒吼：

「笨蛋！你說要把我們逗笑，就是這麼一回事嗎？快點過來騎上馬，我要打死那頭熊！」

星期五大叫：

「不能開槍！開槍、不可以！請大家等一下！」

星期五一邊說著，發現森林一角有棵巨大的櫟樹，隨即衝了過去。他把槍放在地上，爬上櫟樹。

不久，熊也來到櫟樹下，先是嗅了嗅味道，接著爬樹。牠的身體明明很重，動作卻像貓一樣靈巧。

星期五爬到一根樹枝的末端。等大熊爬到那根樹枝的一半時，星期五對樹下的我們大吼：

「好了，接下來我要教熊跳舞！」

星期五這麼說著，同時搖晃樹枝。熊嚇了一跳，在樹枝上搖搖擺擺，進退兩難，一臉苦惱的東張西望。

看到這副景象，我們實在覺得很可笑，不由得笑了出來。

「喂！怎麼了？你不過來嗎？拜託你，再靠近一點！」

星期五嘲笑著大熊，停止搖晃樹枝。大熊一旦打算靠近他，他就又再搖晃。

「喂！星期五，我們要趁現在開槍把熊打死，你不要亂動！」

「主人，求求你！不要開槍，讓我來！」

星期五大叫道，不停的搖晃樹枝。

熊掛在半空中，用巨大的爪子緊緊攀住樹枝。牠的模樣實在太滑稽了，我們大笑不止。

「好，你不過來的話，我要過去了。」

星期五說道，爬到樹枝的最末端。他的體重讓樹枝彎得像一把弓。眼看彎曲的樹枝就要斷掉時，星期五忽然跳下地面，撿起放在地面的槍枝準備攻擊。

「星期五，你到底想做什麼？為什麼不把熊打死？」

「我會開槍。現在不殺牠，我在等待。」

星期五笑瞇瞇的回答。

熊看見敵人下去了，也跟著爬了下來。牠以屁股朝下的姿勢，背對我們，一步一步，慢慢往下爬，動作非常緩慢。

熊的後腳終於踩到地面的那一瞬間，星期五立刻靠近牠，把槍的前端插進牠的耳朵裡，扣下扳機。熊應聲倒地，像石頭一樣，一動也不動了。

「在我的國家，都用這種方法殺死熊。」

星期五得意洋洋的說。

「可是，你們不是沒有槍嗎？」

「對，沒有槍，會用很大的箭殺死。」

星期五擊退了大熊。這個有趣的插曲，的確消除了大家心中的煩悶，但我們的旅途還很長，不能繼續延誤下去。

最後的冒險

下山後，我們來到平原。這裡也積了雪，但不像山上那麼深。

「接下來只有一個地方比較危險。那裡經常有狼出沒，通過之後，很快就會抵達今晚預定要投宿的村落。」

帶路人這麼說。

四周漸漸暗了下來。我們舉起槍，提高警覺，一邊前進。才剛平安通過森林，來到平地，隨即看到六匹狼正在埋頭啃食著什麼，原來是馬的屍體。

大約走到平原的一半，左方的森林響起令人毛骨悚然的低吼聲。接著，就看到一百匹左右的狼群朝我們直撲而來。

我們各自帶著一把步槍和兩把手槍。

「大家快排成一列！由我發號施令，依位置分單、雙號一起開槍。這麼一來，就有六次同時攻擊的機會。」

所有人按照我的指示排成一列，首先展開第一波攻擊。狼群因震耳的槍聲和火花受到驚嚇，忽然停下腳步。帶頭的四匹狼斃命，有幾匹狼受傷逃走了。

「好！大家盡量大聲喊叫！」

所有人一起拉開嗓門大吼。狼群害怕得撤退。我們立刻展開第二波攻擊，狼群迅速逃回了森林裡。

我們馬上替槍枝填滿子彈，快馬加鞭趕路。四周越來越暗，道路前方又傳來狼群恐怖的叫聲，這次甚至連後方和左方都傳出低吼，狼群從三個方向包圍了我們。

我們只得不顧一切，策馬快跑，但是路況不好，沒辦法盡情衝刺。眼看道路就要再次通過森林，接近森林入口時，忽然聽見槍聲響起，隨即看見一匹裝著馬鞍，卻沒有人騎乘的馬奔馳而過，身後有將近二十匹狼在追趕牠。

我們立刻趕到森林邊緣，看見遠方有狼群正在分食兩名男子和一匹馬，令人不寒而慄。可是我們沒有時間害怕，周圍有兩、三百匹狼正齜牙裂嘴，伺機要攻擊。

我立刻環視四周，地上有好幾根被砍倒的圓木。

「事到如今，只有背水一戰才能脫身。看是我們殺了牠們，還是牠們吃了我們。所有人躲到圓木後面，圍出一塊三角形的陣地。讓馬匹在中間，從三個方向開槍射擊狼群。」

大家都拚了命，立刻按照我的指示分成三個方向，躲在圓木後面舉起槍。

「好，開槍！」

我一下令，所有人同時發射。原本朝圓木撲過來的狼群，接二連三倒下了。不過，飢餓的狼群依舊一批接著一批湧上來。我們完全沒有喘息的時間，拿起步槍和手槍不斷開火，連裝填子彈的時間都嫌浪費。

星期五用飛快的速度替自己的步槍填滿子彈，甚至連我的槍都裝好了，表現相當出色。

我把另一個隨從叫過來：

「你聽好，把這裡面的火藥，沿著圓木灑下去。動作快！」

我這麼說著，把牛角製的火藥筒遞給他。

隨從還來不及灑完火藥，眼看有幾匹狼就要撲向圓木。我趕緊扣下手槍的扳機，點燃火藥。

火藥立刻噴出大量火花，熊熊燃燒。撲向圓木的狼群成了焦屍；一湧而上的狼群看到燃燒的火焰，也頓時變得膽怯。

所有人馬上舉起手槍同時發射，並扯開嗓門大聲叫喊。狼群再怎麼凶狠，也全都嚇得拔腿就逃。

我們從圓木後方跳出來，用劍把受傷掙扎的狼一匹匹砍死，一共解決了約六十匹的狼。

之後，我們立刻快馬加鞭，一邊聽著遠方的狼嚎，一邊趕路，大約一小時後終於抵達村落。

村人看到我們平安脫離狼群，都非常訝異。

原本十分期待的陸路之旅，竟然遇到這麼恐怖的事，我真的吃到苦頭了。幸好後來沒有再節外生枝，我們在法國玩得很盡興，接著渡過**多佛海峽**，抵達英國。

多佛海峽

英國和法國之間的英吉利海峽中，寬度僅三十到四十公里，最窄也最淺的稱為多佛海峽。英國那側的多佛港和法國的加萊港之間的航路是自古以來連結歐洲與英國的交通要道。

（請參見卷頭地圖）

後來的無人島

在英國生活了一陣子，我失去了前往巴西的意願。於是，我決定賣掉在巴西的農場，寫信通知替我管理農場的合夥人。

大約八個月過後，對方告訴我，農場賣了一個好價錢，並且寄了一筆三十二萬八千枚西班牙銀圓的鉅款給我。我變得越來越富有。沒有家人也沒有朋友，多的是錢，一個人無憂無慮。

雖然賣掉了農場，但我沒有忘記和里斯本那位老船長以及他兒子的約定，所以另外留了一份要給他們的錢。

總之，我的生活終於穩定下來了。我決定留在英國，安穩過日子。但我從年輕時就跑遍各地，總覺得很難安於現狀，甚至很想再去一次那座無人島。

（那群西班牙人，是否平安來到島上？而那些造反的壞蛋，後來過著什麼樣的生活？）

我總是惦記著這件事。另外，我收養了兩個侄子，決定好好養育他們，把哥哥栽培成一名優秀的紳士，弟弟則是託付給熟識的船長，將他訓練成一位偉大的航海員。五年後，他已成為勇氣十足的年輕船長，能夠駕駛大船，航海到遠方。

而我也結了婚，有了三個小孩。然而妻子死後，我覺得待在家裡實在很無聊，於是搭上侄子的船，前往**東印度群島**。這一年是一六九四年。

這趟航程途中，我造訪了長久以來惦記的那座島。我見到了那群西班牙人，他們詳細告訴我後來發生的事。最初，那群造反的壞蛋對待西班牙人總是趾高氣

東印度群島

位於亞洲大陸的東南部與澳洲大陸之間，由多個島嶼組成。包含大巽他群島、小巽他群島、菲律賓群島、摩鹿加群島。東印度群島一帶為知名的香料產地，吸引大批尋求香料的歐洲人前來，因此十五到十七世紀之間，貿易特別興盛。

昂，甚至經常起爭執。

所幸，最後他們相處得很融洽，大家同心協力，努力讓島上的生活變得更舒適。

我在島上待了二十天，不但給了他們許多生活所需的物品，還特地從英國請來木工和鐵匠，讓他們留在島上。

我把島上的土地分給所有人。當然，我仍擁有屬於島主的權利。定下這些協議後，我就向島上的大家道別了。

接著，我經過巴西，買下一艘小船，送了幾個男人去那座島，還有幾個女人隨行。除此之外，我也送了不少工具，以及好幾頭牛、豬、綿羊過去。日後再次造訪那座島時，這些動物的數量已經增加了好幾倍，我非常開心。

關於這些，將來有機會再告訴大家。尤其是後來發生在島上的悲慘事件，我非說不可。

有三百名可怕的食人族跑到島上，和島上的居民發生過兩次激烈的戰爭。

除此之外，我也沒有學到教訓，再度踏上冒險之旅，體驗了許多驚奇的事。
或許將來有機會，再說給大家聽吧。

我與世界名著《魯賓遜漂流記》的第一次相遇

身為一個在雲林農村長大的鄉下小孩，直到北上唸大學，這才離家，走入繁華世界。整個童年成長期間，接收農村與學校生活以外訊息的管道，唯有書籍與電視，在單純寧靜的農村生活裡，《魯賓遜漂流記》為年幼單純心靈帶來遠行與探險的奇幻想像，形塑一個「異族、文明與野蠻」交錯並置的異想世界。藉由文字閱讀，跟著故事裡的人物，一再無法抗拒航海呼喚地踏上冒險之路，一再陷入困境並想盡辦法脫身，終而成就充滿驚奇探險的一生。

《魯賓遜漂流記》在世界文學史的地位眾所周知，主人翁魯賓遜有著自由的靈魂，年輕時，違背父母希望他從事法律相關行業的期望，忠於內在呼喚，毅然決然地踏上航海路，同時也是離開父母保護與舒適環境，走上自我探索與生命實踐的不歸路，一開始雖災難重重，卻也讓他磨練出面對挑戰並解決問題的能力，長出更完整豐富的自己。

國小時，第一次閱讀《魯賓遜漂流記》，尤其著迷於他在無人島求生的歷程，彷彿自己也跟著他，善用船上簡單文明工具與些許物資，一點一滴「馴服」了原始蠻荒，不僅激發童年無限想像力，更讓幼小心靈感受到生活周邊的任何一個器具都是人類發明，得來不易且可以變化出多種用途。

書裡精彩的，更是魯賓遜在困境與孤獨中，與自己的對話，在遭逢挫敗時的恐懼、悲傷與沮喪中，不時鼓勵、振奮自己，尋回面對棘手難題的勇氣及力量。食人族殘酷的行為讓他憤怒、不滿，進而努力教育奴僕星期五改掉食人習性，甚至為了保命而殺害數名食人族。然而當離開無人島的機會終於來臨，被拱為總督的他，面對被俘虜的叛變水手，卻也不忍心將其殺害，而是留他們在無人島上，傾囊相授，將小島生存之道教給他們。

法國著名女探險家亞歷山卓拉．大衛．丹尼爾（Alexandra David-Neel）有句名言：「未與他者相遇的旅行不算旅行，就只是移動。」與主人翁魯賓遜相遇並有所交集的「他者」，可多著呢，從船長、水手、海盜到奴隸主，甚至是黑人及食人族等，那是一場場文化衝擊，同時也是異文化之間的交流，成書於十八世紀初的《魯賓遜漂流記》難免帶有白人殖民者優越感，此時讀來，更讓我們多一個思考基點，重新省思。

相較於故事裡的魯賓遜，生活在廿一世紀的我們，更有機會遠行，甚至環遊世界。成年後，我同樣踏上屬於自己的生命探索之旅，前往法國求學，修習研究初民文化的人類學，進而學習阿拉伯舞蹈，此時甚至在撒哈拉沙漠與游牧民族生活，推動生態旅遊，連帶讓我的角色從「旅行異鄉的過客」，演化成「帶觀光客深深走入撒哈拉祕境的旅遊業者」，在走過自己的內在探索，經歷一場場異文化間的對話之後，慢慢將自己所知所學分享出去。

在撒哈拉逐水草而居的圖瓦雷格人有句諺語：「第一次旅行，我們發現；第二次旅行，我們豐富自身。」一再踏上冒險之旅的魯賓遜，發現著這個世界，在一次次磨練中，讓自己更豐富完整，同時也讓讀者在享受閱讀樂趣時，探索著世界，激發想像力，也豐富了自己的世界。

很高興看到木馬文化出版這本《魯賓遜漂流記》，不僅加上畫風細緻美好的插圖，更以註腳補充相關文史資料，幫助年輕讀者更容易進入書中冒險歷程，也更能想像故事所描述的那個航海時代。

今日重讀《魯賓遜漂流記》，我還是十分訝異書中跟現實的符合程度，同時也再次看到那個時代的人如何看待世界，思考所謂異文化與人類文明的演變……等，這部數百年前寫就的文學經典，至今仍像大海一樣讓人探索不完。期盼年輕讀者也能翻開這本《魯賓遜漂流記》，跟著魯賓遜航行其中，並學習他的精神與勇氣，在人生的每一段冒險旅程中，不管遇到什麼都勇於承擔當初決定的結果與各種風險，就讓我們一起勇敢前行吧！

【作者簡介】

蔡適任

作家、人類學家。旅居巴黎十二年餘，順利取得法國社會科學高等研究院（EHESS）文化人類學與民族學博士。在摩洛哥人權組織工作時，偶然來到撒哈拉，自此以在當地推動對人與土地都友善的生態旅遊為己志，開了間名為「天堂島嶼」的小小民宿。著有《鷹兒要回家》等書。

這套世界文學包含了多元的文化與各地不同的風景與習俗，當你徜徉在《魯賓遜漂流記》故事情節中時，是否也運用了你敏銳的觀察力，發現哪些是與自己的生活很不一樣的地方呢？以下幾個問題將幫助你試著發表自己的心得或感想。現在就讓我們穿越文字的任意門，一起開始這趟充滿勇氣、信心與感動的旅程吧！

問題1 船難之後，魯賓遜漂流到無人荒島，撿回了一條命，但只有他孤單一人，獲救的機會渺茫，該怎麼活下去也是問題。你覺得對魯賓遜來說，這種情形到底幸不幸運？為什麼？

問題2 魯賓遜回頭翻閱自己的日記時，發現一件奇妙的事：改變他命運的大事，總是發生在同一天。你覺得作者安排「好日子」同時也是「壞日子」的用意是什麼？

問題3 對於食人族可怕的食人情景，魯賓遜心裡爭辯著：「他們做這種事，到底是為了什麼？我原本打算代替上帝懲罰那些食人族，但我真的有權利教訓他們嗎？」請問你覺得作者藉由魯賓遜內心的掙扎拋出什麼問題或想法？

問題4 有好多次明明可以從此過著安定的生活，魯賓遜卻不斷的出走，你覺得是為什麼？你覺得他具有什麼樣的性格？

問題5 請問這本小說中，哪一段故事情節最讓你感動？請說說看為什麼。

日文版譯寫
飯島淳秀
1913 年生，英文學者。立教大學英文系畢業，任教於立教大學、駒澤大學等，譯介多部兒童文學作品如《金銀島》、《杜立德醫生非洲歷險記》等。

中文版譯者
游若琪
遊走於日文與圖畫之間的專職譯者，翻譯兒童文學是多年來的夢想。雖然翻譯時大多是孤軍奮鬥，但要像魯賓遜一樣獨活二十八年，想想還真有點寂寞。譯作有《憤怒的菩薩》、《從來沒有人懂我，可是每個人都喜歡我：愛因斯坦 101 則人生相談語錄》等，以及漫畫與輕小說多數。
E-mail：risingyuu@gmail.com

封面繪圖：Lynette Lin
封面設計：倪龐德
地圖與註解小圖繪製：陳宛昀
彩色插圖繪製：謝璧卉

國家圖書館出版品預行編目（CIP）資料

魯賓遜漂流記／丹尼爾・笛福（Daniel Defoe）
著；游若琪譯 . -- 初版 . -- 新北市：木馬文化
出版：遠足文化發行，2019.01
面；　公分
譯自：ロビンソン漂流記
ISBN 978-986-359-629-5

873.59　　107021618

魯賓遜漂流記

ロビンソン漂流記

原著作者：丹尼爾・笛福（Daniel Defoe）
＊日文版由飯島淳秀譯自英文
譯　　者：游若琪

社　　長：陳蕙慧
副總編輯：戴偉傑
責任編輯：王淑儀

讀書共和國出版集團社長：郭重興
發行人兼出版總監：曾大福
出　　版：木馬文化事業股份有限公司
發　　行：遠足文化事業股份有限公司
地　　址：231 新北市新店區民權路 108-2 號 9 樓
電　　話：(02)22181417　　傳　　真：(02)8667-1891
Email：service@bookrep.com.tw
郵撥帳號：19588272 木馬文化事業股份有限公司
客服專線：0800221029
法律顧問：華洋國際專利商標事務所　蘇文生律師
內頁排版：中原造像股份有限公司
印　　刷：中原造像股份有限公司
小木馬悅讀遊樂園：https://www.facebook.com/ecuschildren/

初　　版：2019 年 1 月
初版三刷：2022 年 4 月
定　　價：340 元
ISBN：978-986-359-629-5

21 SEIKI-BAN SHOUNEN SHOUJO SEKAIBUNGAKU-KAN [5]
《ROBINSON HYOURYUU KI》

我的第一套

世界文學

在故事裡感受冒險、正義與愛

日本圖書館協會、日本兒童圖書出版協會、日本學校圖書館協會

——共同推薦優良讀物——

小木馬

精選二十四冊、橫跨世界多國的文學經典名著

希臘神話（希臘）
悲慘世界（法國）
唐吉軻德（西班牙）
偵探福爾摩斯（英國）
格列佛遊記（英國）
湯姆歷險記（美國）
莎士比亞故事（英國）
小婦人（美國）
紅髮安妮（加拿大）
長腿叔叔（美國）
魯賓遜漂流記（英國）
三劍客（法國）
小公子（英國）
俠盜羅賓漢（英國）
三國演義（中國）
西遊記（中國）
金銀島（英國）
阿爾卑斯少女（瑞士）
聖誕頌歌（英國）
十五少年漂流記（法國）
傻子伊凡（俄國）
愛的教育（義大利）
黑貓（美國）
少爺（日本）

出版順序以正式出版時為準。